「いったい何が起きたというのだ？」
「南よりかなりの人数が王都を目指し北上しているとの事です」
ウォルテニア戦記

「ハリシャ御嬢様、
今更我儘《わがまま》を言わないでください。
我等はタルージャ王国と契約を結んだのです」

そんなラーヒズヤの言葉を聞き、ハリシャの顔に朱がさした。
「ふざけないで！我が父である族長が病床に倒れたのを良い事に――」

「そうか、クリスが、敵の副将を討ち取ったか！」
そう呟きながら、亮真は満足げに頷く。

RECORD OF WORTENIA WAR

ウォルテニア戦記

XXVII

Ryota Hori
保利亮太

口絵・本文イラスト　bob

CONTENTS

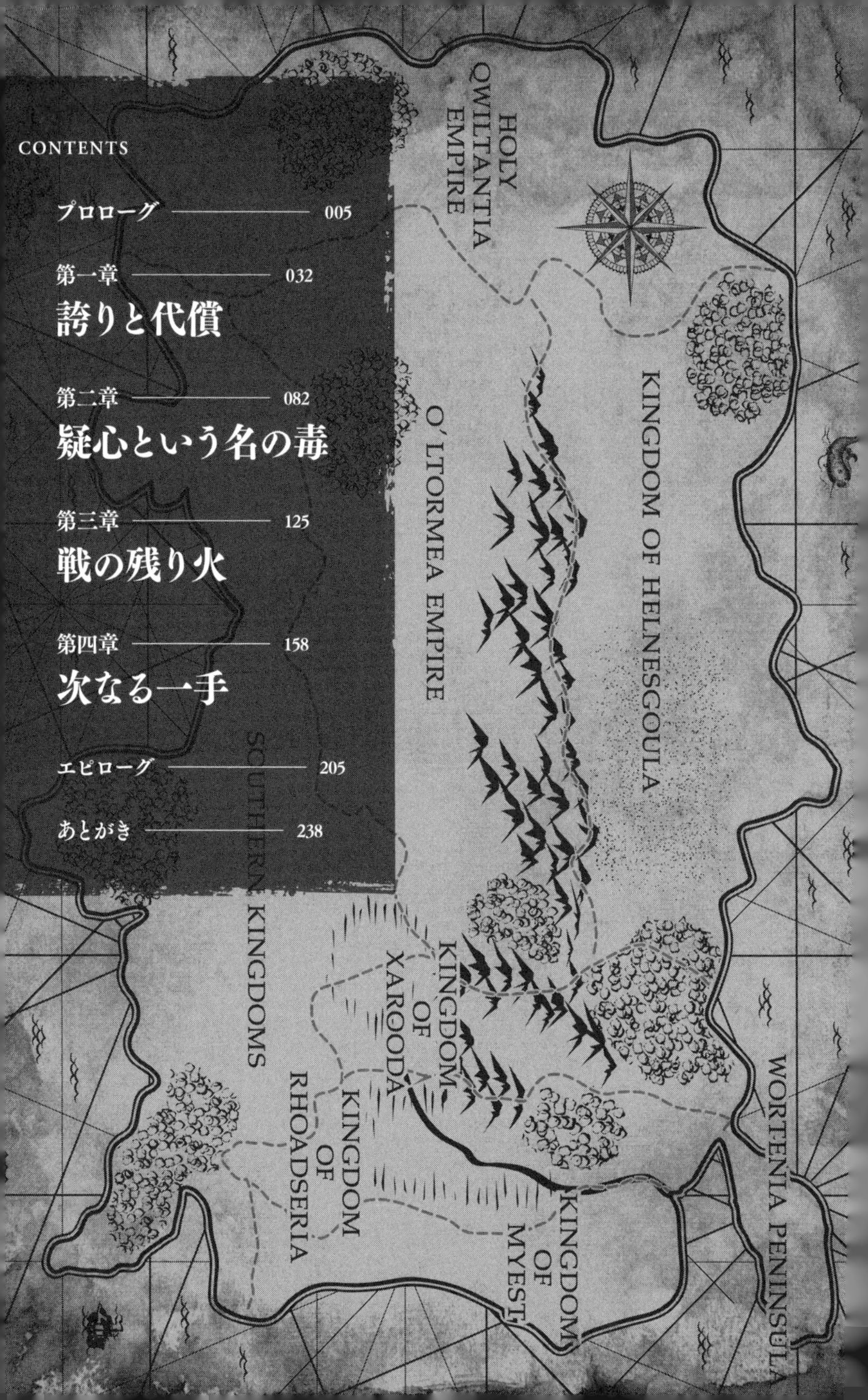

HOLY QWILTANTIA EMPIRE
KINGDOM OF HELNESGOULA
O'LTORMEA EMPIRE
SOUTHERN KINGDOMS
KINGDOM OF XAROODA
KINGDOM OF RHOADSERIA
KINGDOM OF MYEST
WORTENIA PENINSULA

WORLD MAP of 《RECORD OF WORTENIA WAR》

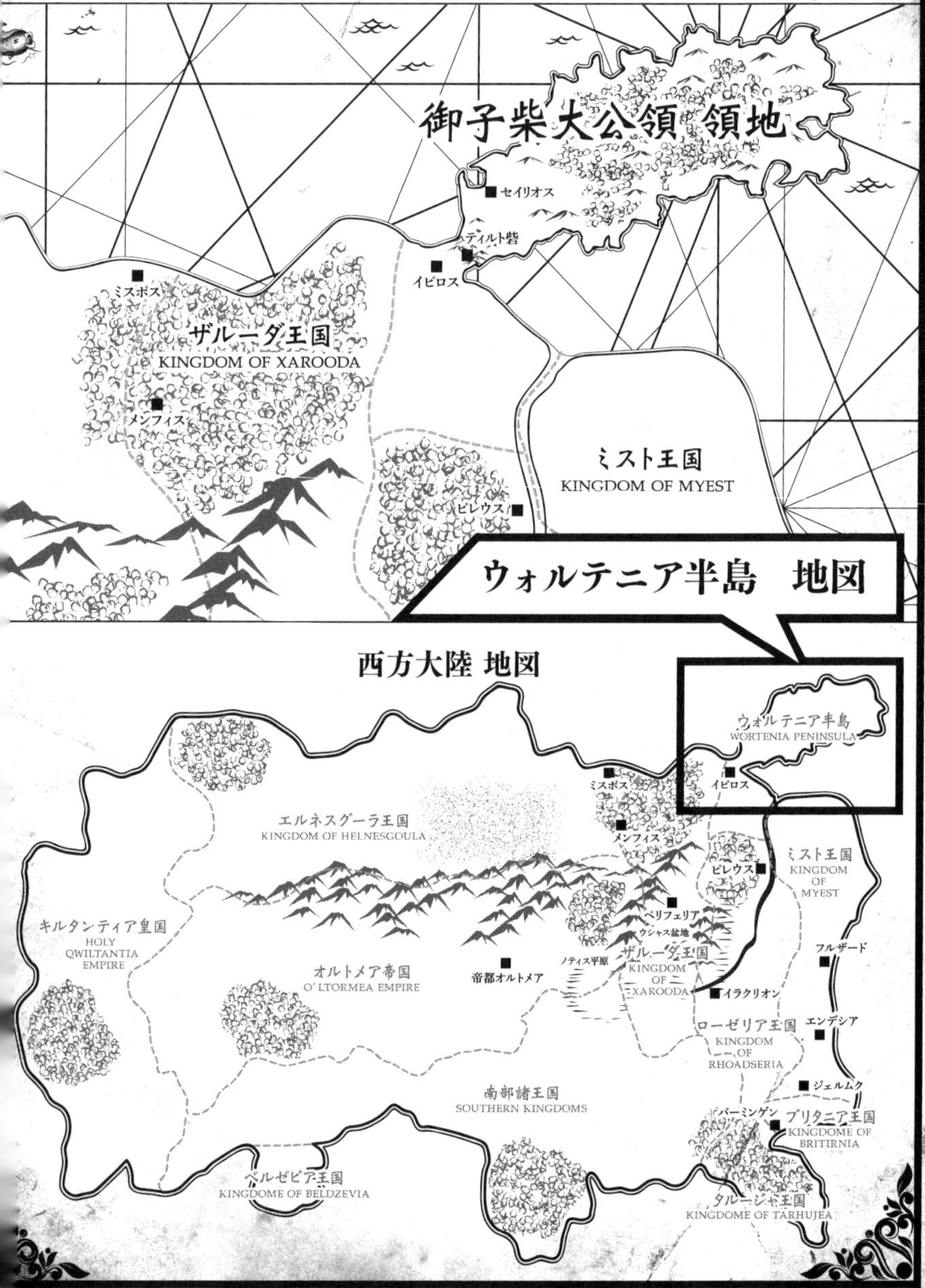
御子柴大公領 領地
セイリオス
ティルト砦
イピロス
ミスボス
ザルーダ王国
KINGDOM OF XAROODA
メンフィス
ピレウス
ミスト王国
KINGDOM OF MYEST
ウォルテニア半島　地図
西方大陸 地図
ウォルテニア半島
WORTENIA PENINSULA
ミスボス
イピロス
エルネスグーラ王国
KINGDOM OF HELNESGOULA
メンフィス
ピレウス
ミスト王国
KINGDOM OF MYEST
ペリフェリア
ウシャス盆地
キルタンティア皇国
HOLY QWILTANTIA EMPIRE
オルトメア帝国
O´LTORMEA EMPIRE
帝都オルトメア
ノティス平原
ザルーダ王国
KINGDOM OF XAROODA
イラクリオン
フルザード
エンデシア
ローゼリア王国
KINGDOM OF RHOADSERIA
ジェルムク
南部諸王国
SOUTHERN KINGDOMS
バーミンゲン
ブリタニア王国
KINGDOME OF BRITIRNIA
ベルゼビア王国
KINGDOME OF BELDZEVIA
タルージャ王国
KINGDOME OF TARHUJEA

プロローグ

ミスト王国。

それは、西方大陸東部三ヶ国《かこく》の一角を占《し》める国の名前だ。

そして、西方大陸でも最大級の交易都市であるフルザードを有し、中央大陸や南方大陸といった他大陸との交易にも力を入れている商業国家でもある。

そんなミスト王国の首都である王都エンデシアは、その強大な経済力に相応《ふさわ》しい規模と頑強《がんきよう》さを誇《ほこ》っており、街道《かいどう》も普段《ふだん》であれば多くの旅人が行き交《か》い賑《にぎ》わいを呈《てい》している。

そんな旅人達《たち》の目的地と、胸に秘《ひ》めた事情は実に様々だ。

商機を求め希望と打算で胸を膨《ふく》らませた隊商を組んだ商人達が居るかと思えば、獲物《えもの》を求めて大陸各地を放浪《ほうろう》する冒険者《ぼうけんしや》や傭兵《ようへい》も居る。

中には、犯《おか》した己《おのれ》の罪から逃《のが》れる為《ため》に逃走《とうそう》を続ける犯罪者や、権力闘争《とうそう》に敗れた元貴族も居るかもしれない。

だが、何事にも例外が存在するのが世の常なのは否《いな》めないのだろう。

その日、十五万を超《こ》えるまでに膨れ上がったミスト王国軍は城塞《じようさい》都市ジェルムクへ向かって、街道を南へと進んでいた。

時刻は正午を少し過ぎた頃《ころ》だろうか。

太陽は燦然《さんぜん》と輝《かがや》き大地を照らしている。

石畳《いしだたみ》で敷《し》き詰《つ》められた街道の左右に広がるのは青々した葉で敷き詰められた草原だ。

そして、そんな草原を穏《おだ》やかな風が吹《ふ》き抜《ぬ》けていく。

それはまさに風光明媚《ふうこうめいび》という言葉がピッタリと言える。

しかし、そんな日常の一コマとも言える風景の中で、土煙《つちけむり》を舞《ま》い上げながら大軍勢が進軍しているのだ。

それはまさに、平穏《へいおん》さとは隔絶《かくぜつ》した光景。

無数の軍旗を掲《かか》げながら進軍するその姿は、まさに勇壮《ゆうそう》さに満ちていると言っていいだろう。

そんな軍勢を指揮するのは、ミスト王国の誇る三将軍の一角にして最強の将軍とも目されるアレクシス・デュランその人だ。

とは言え、そんな大軍勢を指揮する程《ほど》の人物でも、悩《なや》みは尽《つ》きないらしい。

(当初の予定よりも大分増えたな……喜ばしい事ではあるが……はてさて、どうしたものか)

そんな想《おも》いがデュラン将軍の脳裏《のうり》を過《よぎ》った。

数日前に王都エンデシアを出た時の兵数は十三万程《ほど》。

しかし、ミスト王国南部を領有する貴族達がこぞって参陣《さんじん》した結果、軍勢の規模は既《すで》に十五万を超えるまで膨れ上がってしまったのだ。

普段であれば、兵数が増える事は悪い事ではない。

だが、今のデュラン将軍にとってはいささか誤算と言えなくもないだろう。

それもあまり嬉《うれ》しくない誤算だ。

十三万の兵数が十五万にまで増えたという事は、兵糧物資の消費量は当初の想定の1・2倍近くにまで増加しているという事を示しているのだ。

それに、十五万という数字はあくまでも現時点での話。

今後、更に兵数が増えないと言う確証などない。

(いや、南部の貴族達がこぞって参陣をしてくる以上、増える事は有っても、減るとは考えにくい)

勿論《もちろん》、ある程度は余裕《よゆう》をもって物資の調達をしているので直《す》ぐにどうこうなる訳ではないだろう。

(だが、だからといって見過ごしてよい問題でもない)

商人から買うか、王都の兵糧庫に保管されている備蓄分《びちくぶん》を運ばせるかはさておき、何らかの形で補充《ほじゅう》が必要になるだろう。

(それに、貴族達が参陣する度《たび》に、私との面談を求めてくるというのも……な)

勿論、貴族達の気持ちも理解出来ない訳ではないのだ。

(何しろ、彼等《かれ》にしてみれば私以外に縋《すが》るものなどないのだから……な)

ただ、彼等が軍に合流する度に、デュランは彼等を出迎《でむか》え軍に参加してくれた事を労《ねぎら》わなければならなくなる。

そして、その度に軍の行軍速度は低下する事になるのだ。

（まぁ、それでも貴族達が参戦すれば、それはすなわちオーウェン新国王に忠誠を誓《ちか》うと表明している様なものだからな。兵の士気を維持《いじ》するのに役立っているとなれば、彼等を粗略《そりゃく》には出来ないか）

先日、王都エンデシアを襲撃《しゅうげき》された結果起きた国王フィリップの死と、国王の異母弟にして宰相《さいしょう》だったオーウェン・シュピーゲルの新国王就任という二つの出来事は、ミスト王国に暮らす多くの人間達にとって青天《せいてん》の霹靂《へきれき》でしかないだろう。

そして、その衝撃《しょうげき》から未《いま》だに立ち直る事が出来ない多くのミスト王国民にとって、アレクシス・デュランの存在は文字通り精神的な主柱となっている。

アレクシス・デュランという人間の名前には、それだけの力があるのだから。

しかし、如何《いか》にデュランの声望が高いと言っても限度がある。

（国王が暗殺された直後である事を考えれば当初の想定以上に兵士達の士気は高い……だが、彼等が心の中で違和感を抱いているのも事実だろうからな）

デュランが率いている軍の兵士達は、元々城塞都市ジェルムクを包囲しているブリタニアとタルージャの連合軍に対抗《たいこう》するという名目で集められている。

先の王都エンデシア襲撃を手引きしたのが、南部諸王国と内通したミスト王国北部の貴族達という噂《うわさ》を流してはいるものの、それを本気で信じている人間は少ないだろう。

表立って異議を唱えたりはしないだろうが、疑念は何時《いつ》までも燻《くすぶ》り続けている。

（何しろ、北部貴族達がフィリップを襲《おそ》う理由は少ないからな）

勿論、北部貴族が前国王であるフィリップを暗殺する理由が皆無《かいむ》という訳ではない。

元々フィリップが貴族達への締《し》め付けを強化してきたのは事実なのだ。

それは、王家がより強大な権力を持つことで、国内統制を強化する事を重視してきたからに他ならない。

（領地を与《あた》えられた貴族達の多くは、自領の自治を望む。そしてそれは、貴族として当然の権利であり義務だと考えられているのは確かだ。だが、国家の運営という視点で考えるのであれば、非効率の極《きわ》みでしかないだろうからな）

それを改善する為にフィリップは様々な施策を行い貴族達の権力を削《そ》いできた。

そういう意味からすれば、北部貴族が国王暗殺を画策したと言う話は、絵空事とも言えないのだ。

（ただ、些《いささ》か説得力に欠けるのも事実だ）

それを言うのであれば、この国の全ての貴族達に動機がある事になるのだから。

そして、そういった様々な疑問点を兵士達は理解している。

理解した上で、兵士達は従っているのだ。

それは、アレクシス・デュランという男の力量や声望に加えて、彼の呼び掛けによって参陣した貴族達の存在が大きいだろう。

（貴族達の参陣は、我が軍の大義を目に見える形で示してくれるからな）

それは、デュランが書いた筋書き通りの展開だ。

（とは言え、それにも限度はある。早急な対処が必要だろう）

表面的には鎮火した様に見えても、兵士達の心の中には疑惑の火が今も燻り続けている。

そして、燻り続けた疑念の火は、何時か盛大《せいだい》な炎《ほのお》となるだろう。

（するべきは疑念の払拭《ふっしょく》……その為には彼等が納得《なっとく》する生贄《いけにえ》を提示してやる必要があるだろうな）

問題は、誰《だれ》を生贄とするべきかという点だろうか。

（まぁ、現時点で考えるなら生贄に相応しいのは御子柴亮真《みこしばりょうま》とエクレシア・マリネールの二人が候補に挙がるだろうな……或《ある》いは、未だにフルザードから動こうとしないカサンドラ・ヘルナーという選択肢《せんたくし》もある……か）

勿論、これは真実ではない。

誰が一連の策謀《さくぼう》を巡《めぐ》らせたのかという点で言えば、それは須藤秋武《すどうあきたけ》の命令を受けた楠田智弘《くすだともひろ》という事になるし、その須藤も組織の利益の為に動いただけに過ぎないので、最終的な責任が誰かと問われると組織とその実質的な支配者である長老達の誰かという事になる。

また、実際にフィリップを殺《あや》めたのが誰なのかという観点で考えれば、それは王位簒奪《おういさんだつ》を目論《もくろ》んだオーウェン・シュピーゲルその人という事になるだろうし、オーウェンを唆《そそのか》したアレクシス・デュランその人こそが黒幕という理屈《りくつ》も成立するのだ。

ただ少なくとも、御子柴亮真やエクレシア・マリネールに一連の責任を押《お》し付けるというのはまず不可能な話の流れであるのは間違《まちが》いない。

とは言え、それはあくまでも真実を突《つ》き詰めていった上で導き出される結論でしかない。

そして、今回のような場合では特に、真実はあまり問題とはならないのだ。

（勿論、話の整合性を考える上でそれなりの真実を織り交ぜる必要は出てくるだろうがね）

要は、ミスト王国に暮らす民達が納得するような物語り《カバーストーリー》を流布《るふ》すればそれで済んでしまう話でしかないのだ。

だが同時に、デュランの脳裏には全く別の可能性が浮かんでいた。

（まぁ、これはあくまでも先代の国王であるフィリップの跡を継いだオーウェン・シュピーゲルを、このままミスト王国の国王として担ぎ続ける事が前提の話……そして、必ずしもそれは確定された未来とは言い切れない……）

それは、今迄進めてきた策謀の全てをひっくり返す選択だ。

だが、必要ならばデュランはそれを躊躇《ためら》う事なく選ぶだろう。

（まぁ、それを選べば、あの男には些か不幸な結末が訪れる事になるが……な）

だが、だからと言って何が何でも肩入れしたいと思う程の義理も思い入れもないというのが正直な感想なのだ。

ましてや、組織の利益に反する状況《じょうきょう》になれば、デュランは躊躇《ちゅうちょ》する事なくオーウェンを国王暗殺の首謀者《しゅぼうしゃ》として断罪し切り捨てるだろう。

アレクシス・デュランにとって、オーウェン新国王とはその程度の存在でしかないし、その為の準備も既に終わっているのだから。

それはまさに、緻密《ちみつ》なまでの計算に基づいている。

実際、アレクシス・デュランという武将は、謀略《ぼうりゃく》や軍略に長《た》けた人間だ。

その長い戦歴の中で積み重ねてきた百とも二百とも言われる勝ち星も、その大半が彼の頭脳から導き出された戦術によるところが大きい。

武人として前線で槍《やり》を振《ふ》るいながら戦功を積み重ねてきた猛将《もうしょう》というよりは、後方に座したまま策を巡らせる智将《ちしょう》や謀将《ぼうしょう》という方が、デュランという男を語る上で正しいと言えるだろう。

ただ、そんなデュラン将軍でも想定外の事態に直面する事は有るのだ。

何時の間《ま》にか、軍の行軍が止まっていた。

(はて？　前方で何かあったか？)

軽く首を傾《かし》げながら、デュランは近くにいた側近の一人に尋《たず》ねる。

「どうした？　行軍が止まったようだが、何かあったのかね？」

「そうですね……少々お待ちください……ただいま確認《かくにん》してまいります」

その問いに、声を掛《か》けられた側近の一人であるデニスが前方に向かって駆《か》け出す。

部下を走らせるよりも自分が向かった方が早いと判断したのだろう。

そんなデニスの背中へ視線を向けながら、デュランは様々な可能性を思い浮かべる。

(少なくとも、襲撃を受けた訳ではないだろう……襲撃を受けたにしては喊声《かんせい》や剣戟《けんげき》の音もなく静か過ぎるし、場所も場所だ。こんなところで襲い掛かるような敵は居ないと思うが……)

盗賊《とうぞく》や怪物《かいぶつ》の襲撃の可能性が無いとは言い切れないのは事実だが、流石《さすが》にこれ程の規模を誇る軍勢に襲い掛かる馬鹿はまずいない。

だが、それ以外の理由で進軍が止まる理由は極めて限られてくる。

（そうなると……）

デュランの脳裏に幾《いく》つかの可能性が浮《う》かんでは消えて行く。

理由として最も有り得そうなのは、馬車の車軸《しゃじく》が折れて動けなくなってしまい道を塞《ふさ》いでいるか、もしくは妊婦《にんぷ》が産気づいたという可能性くらいのものだろうか。

（ただ、仮にそうだったとしても、対処の方法は幾らでもある……）

馬車の車軸や車輪が壊《こわ》れたのならば工兵や鍛冶《かじ》が修理をしてやっても良いだろうし、兵士達が物理的に馬車を街道の脇《わき》に寄せるという事も出来るだろう。

妊婦や急病人が相手なら、街まで医者を迎《むか》えに馬を走らせるか、馬車に乗せて運ぶかくらいだろうし、今直ぐ処置が必要なら従軍している医者を手配してやればよいだけの事。

適切な処置かどうかはさておいて、それでカタがついてしまう。

いや、先頭を進む部隊の隊長の性格や状況次第《じょうきょうしだい》では、仮に目の前で助けを求めて泣き叫《さけ》ぶ弱者が居たとしても、平然と無視して軍を進ませる事を選ぶかもしれない。

貴族階級の人間が相手であれば問題だろうが、街道で途方《とほう》に暮れている人間など、大半が平民か根無し草の冒険者くらいなのだから。

場合によっては、行軍を阻《はば》んだ無礼者として処刑《しょけい》される事だってあるのだ。

そして、それを一々非難する人間はまずいない。

（現代の地球でそんな事をすれば、直ぐに大問題となるだろうが……な。たしか、SNS《ソーシャルネットワーキングサービス》……とか言うのを使うのだったかな？）

アレクシス・デュランが大地世界《アース》に召喚《しょうかん》されて既に半世紀以上の年月が流れている。

十年一昔という言葉がある様に、デュランが暮らしていた地球は、既に知識や歴史の中にしか存在しない。

だが、それは別にデュランが現代の知識を持っていない事とイコールとはならないのだ。

（組織に参加した人間から話を聞く機会は多いからな）

地球からこの大地世界へ召喚される人間は少なくない。

確かに、儀式《ぎしき》に必要な触媒《しょくばい》が近年では入手困難になって来ている事も有り、召喚の頻度《ひんど》自体は減少傾向《けいこう》にある。

だが、それはあくまでも以前と比較《ひかく》して減ってきているというだけの事でしかなく、召喚の儀式が禁止された訳でも、廃《すた》れた訳でもない。

何処《どこ》まで信憑性《しんぴょうせい》があるかはさておき、組織が出した試算では、年間千人以上の地球人がこの地獄《じごく》へと召喚されているという数字もある。

（それに加えて、自然発生した時空の歪《ゆが》みに囚《とら》われた結果、地球から大地世界へとやって来る羽目になった不運な人間も存在しているからな）

そういった人間達の多くは、怪物の腹の中に納まるか、戦奴隷《どれい》として戦場の露《つゆ》と消える羽目になる事が多いが、個人の力量や運次第《うんしだい》で組織に保護される事も多い。

その結果、組織は彼等から聞いた現在の地球の様子を聞き知っているのだ。

(無情だとは思うが……ね)

個人的な感情としては、アレクシス・デュランもそういった大地世界の現状を良しとは思わない。

現代社会ほど高い人権意識を持っている訳ではないが、デュランがこの大地世界に召喚される前にも、概念《がいねん》を全く持っていない訳ではないのだから。

しかし、それが大地世界の現実なのだ。

弱い者は強い者に搾取《さくしゅ》され虐《しいた》げられる。

それが嫌《いや》ならば、自らが強者になり変わるしかないだろう。

(それに、平民達は身分の壁《かべ》という物を、その身をもって理解している)

だから、余程《よほど》の緊急《きんきゅう》時でもなければ、大抵《たいてい》の場合は助けを求めるどころか、その場から逃《に》げ出すのがオチだ。

(ただ、どちらにせよ、その程度の事で態々《わざわざ》軍の行軍を止める必要などないだろう)

進路を変更《へんこう》して障害物を避《さ》けるか、相手を進路上から物理的に排除《はいじょ》するかはさておき、対処方法は幾らでも考えられる。

(左右が切り立った崖《がけ》など、限定された地形でもない限り、街道の外側を通れない理由は基本的にないのだしな)

確かに結界柱によって守られている街道を進む方が安全だし、この大地世界で旅をする上での基本ではあるだろうが、それも時と場合によりけりなのだから。

そんな事を考えながらデュランは数分を過ごす。

「閣下……少々よろしいでしょうか？」

声の方へ視線を向けると、其処《そこ》には先ほど状況確認《じょうきょうかくにん》に向かったデニスが馬に跨《また》がったまま待機していた。

どうやら、隊列の先頭部まで馬を走らせ確認してきたらしい。

馬の方も、かなり荒《あら》い息遣《いきづか》いをしている。

相当に無茶《むちゃ》をした結果だろう。

だが、残念な事に状況は芳《かんば》しくないらしい。

（はて？　この男では判断出来ない何かが起きたというのか？）

デニスの顔に浮かぶ困惑《こんわく》の色に気が付き、デュランは内心首を傾げる。

少なくとも、デュランが可能性として考えていた程度の事態であれば、デニスは独断で対処をしてきた筈《はず》だ。

確かにデュランが命じたのは状況確認ではある。

とは言え、幾らなんでも馬車を移動させるかどうかや、妊婦や急病人の救護の判断を、逐一《ちくいち》指示されなければ動けない様な無能な人間など、デュランの側近の中には一人もいない。

（それは臨機応変で対処するべき範疇《はんちゅう》だ）

もし仮に、そんな融通《ゆうずう》の利《き》かない愚《おろ》かな事を言う人間が側近の中に居たら、デュランはその愚か者の処刑を部下に命じなければいけなくなるだろう。

勿論、デニスが単なる一兵卒ならばそんな事にはならない。

無能だと蔑《さげす》むかもしれないが、デュランは苦笑いを浮かべるだけで済ませるだろう。

だが、側近となれば話が変わってくる。

一国の軍事を担《にな》うデュランの傍《そば》に付き従い、多忙《たぼう》な将軍を補佐するのが側近の役目なのだ。

それにも拘《かか》わらず全ての判断をデュランが下すのであれば、側近を置く必要などなくなってしまうだろう。

アレクシス・デュランの側近を務めるというのは非常に名誉《めいよ》ある職務ではあるが、同時に名誉以上の責任と能力、そして覚悟《かくご》を求められるのだ。

そして、そんなデュランの性格を周りに侍《はべ》る側近達は十分に理解している。

(だが、それではいったい何が起きたというのだ?)

デュランの胸中がざわつく。

正直に言えば、報告など聞きたくないというのが本音だ。

とは言え、この状況でデニスの報告を聞かないという選択肢も無い。

「分かった……それで、どうかしたのかね?」

そんなデュランの問いにデニスは躊躇《ためら》いがちに口を開く。

「はい、ただいま先行していた偵察隊《ていさつたい》より報告がございまして……南よりかなりの数の人間が集団となって王都を目指し北上しているとの事です」

その報告を聞き、デュランは少し考え込《かんがこ》んだ。

そして、小さく頷《うなず》いて見せる。

「成程《なるほど》……今のタイミングで南から北を目指している集団という事は、我《わ》が国《くに》の民達で間違いないだろう……な」

「はい……恐《おそ》らくですが、ジェルムクとその近郊《きんこう》の住民達ではないかと」

その言葉を聞き、デュランの口から鋭《するど》い舌打ちが零《こぼ》れる。

勿論、他国からの流入も可能性として無い訳ではないだろう。

盗賊や怪物の襲撃を受け、村や街が亡《ほろ》びる事は珍《めずら》しくないのだ。

だが、時期的に考えてジェルムク周辺の住民達が避難《ひなん》して来たと考えるのが自然だ。

（ブルーノ・アッカルドめ……戦後処理が面倒《めんどう》になるから略奪《りゃくだつ》や焼き討《う》ちは出来るだけするなと伝えていたのに無視したな……いや、無視するとすればラウル・ジョルダーノの方か？）

既に、ブルーノ達連合軍側とは、戦後処理に関してある程度までは取り決めがなされている。

今後詳細《しょうさい》を詰める必要が出てくるが、ミスト王国、ブリタニア王国、タルージャ王国の三ヶ国が連合を組むのはほぼ確定しているのだ。

その為、デュランは連合軍の総指揮官であるブルーノに対して、略奪や焼き討ちなどを極力控《ひか》える様に命じていたのだ。

（勿論、完全に禁止出来るとは考えてはいなかったが……デニスの口ぶりからすれば、百や千

では利かないだろう……となれば万を超えたか)

確かに、それだけの規模の難民が進路上に出現すれば、行軍を止めるというのも理解出来る。

「それで数はどれくらいだ？　二〜三万程か？　まさか五万を超える事は無いだろうな？」

それは、比較的妥当《ひかくてきだとう》な数字だ。

城塞都市ジェルムクの周辺には、二十近い村や街が点在している。

ジェルムクの住民を合わせて、地域全体としては三十万を超える人々が暮らしている事になるだろうか。

ただ、ジェルムク以南に限れば、街と呼べる拠点《きょてん》は存在していない。

数百から千人規模の村が五つほど有るだけだ。

仮にその全ての村が連合軍の手によって略奪を受けたとしても、避難民《ひなんみん》は五千にも満たない事になる。

それに加えて、基本的に住民全てが住み慣れた村や街を捨てて難民となるとは考えにくい。

それこそ、住民の大半が虐殺《ぎゃくさつ》されたり、家屋を全て破壊《はかい》されて食料も奪《うば》われたりするなどの極限状態にでも陥《おちい》らなければ、大半の住民は住み慣れた故郷の再建を選ぶだろう。

(この大地世界の住民の多くは故郷から離《はな》れる事を好まない……移民や難民が嫌《きら》われ排斥《はいせき》されるのはこの大地世界でも同じだからな。もし仮に一時的に離れると決断しても、最初に目指すのは故郷である村に最も近く堅牢《けんろう》な城塞都市ジェルムクの筈だ)

ジェルムクならば多くの人間を収容出来る上に、高い城壁《じょうへき》に囲まれているので心理的にも安心出来るだろう。

それに、戦が終われば直ぐに戻《もど》って故郷の再建を始められる。

ただ、御子柴大公軍がミスト王国への援軍《えんぐん》としてジェルムクに入城したとはいえ、住民達が今後の戦況《せんきょう》に不安を感じるのも当然と言えるだろう。

ましてや、国王フィリップが崩御《ほうぎょ》し、新国王が即位《そくい》した直後だ。

(まぁ、状況を考えれば無理もない。王都エンデシアへ逃れたいと考える人間が普段よりも多く出て来たとしても不思議ではない)

そう考えると、数万規模の避難民が王都エンデシアを目指して北上しているという斥候《せっこう》の報告は、それほど不自然な話とは言えない。

(まぁ、数万というのは些《いささ》か大げさだとは思うが……)

デュランはデニスに数万かと尋ねはしたが、心の内では多くとも一万前後と予想している。

それは、デュランが自らの経験を踏《ふ》まえた上で導き出した数字だ。

だが、残念な事にそんなデュランの予想は見事なまでに外れた。

それも、当初の想定よりも更に悪い方へと。

「いえ。数万どころではありません……正確な数は不明ですが、斥候に出ていた部隊の報告では街道は疎《おろ》か見渡《みわた》す限り人で埋《う》まっているとの事。幾度《いくど》か確認をしましたが、恐らくは二十万以上……下手をすれば三十万を超えるのではないかと思われます」

その言葉を聞いた瞬間《しゅんかん》、デュランの口から絶叫《ぜっきょう》が放たれる。

「馬鹿な！　三十万を超えるだと！」

それは、歴戦の勇士であるアレクシス・デュランとしても想定外の数だ。

（三十万？　あり得ない。幾ら焼き討ちや略奪から逃れる為だとしても、あまりに常識外れの規模だ）

数万の規模の群衆というのならば、まだ理解は出来る。

デュランが出した一万前後という予想と多少乖離《かいり》しているが、斥候とて人間であり、目視で確認する以上、見間違《みまちが》いは十分に考えられるからだ。

しかし、幾らなんでも一万程度の集団を三十万と見間違える人間はまず居ないだろう。

（ミスや誤認《ごにん》ではあり得ない数字の乖離だ……そうなると、斥候が嘘《うそ》の報告を上げているか、偽兵《ぎへい》を仕掛《しか》けられたかを疑うべきだが……）

そんな予想外の事態に直面し当惑《とうわく》しながらも、デュランの怜悧《れいり》な頭脳は様々な可能性を導き出しては自ら否定していく。

（だが、それにしては三十万という数字が気になる……斥候の報告が正しいとすると……そんな数、ジェルムクの住民達全てが逃げ出しでもしなければ……だが、そんな事が有り得るか？……とは言え、ジェルムクとその近隣《きんりん》の住人達を退去させたのだと考えれば筋は通るが……仮にそれが正しいとして、何故《なぜ》だ……何故そんな事をした？）

デュランが知る限り、城塞都市ジェルムクが陥落《かんらく》寸前とは聞いていない。

何しろ御子柴大公軍はジェルムクを包囲していた敵軍を打ち払《はら》って入城しているのだ。

戦況は五分かやや優勢というのが大半の人間の見立てだろうし、それはデュランも同じ意見だ。

それに加えて、先日鳥文で届けられたハンス・ランドールからの密書にも、御子柴大公軍は城塞都市ジェルムクでの籠城《ろうじょう》戦を決めたと書かれている。

それはつまり、敵の攻撃《こうげき》を凌《しの》ぎつつ、アレクシス・デュランがミスト王国軍を率いて援軍に駆けつけてくるまで耐《た》え忍《しの》ぶ事を選んだという証に他ならない。

(まさか、私が連合軍側と手を結んでいる事を御子柴に悟《さと》られたのか?)

その可能性が脳裏を過った瞬間、デュラン将軍の顔色が変わった。

(そうなると、ハンスの密書に書かれていた内容も罠《わな》か? そうか……御子柴め……こちらの進軍を止める為にジェルムクの住民を盾《たて》に使ったな!)

何故、アレクシス・デュランの裏切りを御子柴亮真が知っているのか、その理由は現時点では分からない。

しかし、デュランは既に確信していた。

今、目の前で起きている状況から考えて、それ以外に答えが見つからないのだから。

「如何《いかが》いたしましょう……このままでは……」

押し黙《だま》るデュランにデニスが躊躇いがちに声を掛けた。

デニスが気にしているのは、今のままでは難民達とミスト王国軍とが正面からぶつかってしまうという点だろう。

デュランが率いる十五万を超えるミスト王国軍は、街道沿いをジェルムクへ向かって南下しているのだ。

そんな所に、同規模かそれ以上の数を誇る一団が鉢合《はちあ》わせればどんな結果になるか言うまでもないだろう。

（大混乱が起きる……だが、どうすれば良い……）

問題なのは対処方法だ。

だが、デュランの優《すぐ》れた頭脳も、直ぐに解決策は導き出せない。

（こちらの軍勢を街道の脇に移動して避けるか？　確かに周囲は草原だから不可能とは言えないが……）

それは一見、妥当《だとう》な対処法のように思えた。

だが、デュランは直ぐにその対処方法を自ら否定する。

（隊列は街道上に五人、左右の平原に五人ずつの計十五人で一列……前後の間隔《かんかく》は一・五メートル前後と仮定して……最後尾《さいこうび》までは凡《およ》そ十五キロ……前後の間隔が広がればそれ以上の距離《きょり》になるだろう。今から伝令を走らせたとしても間に合うとは思えない……逆に混乱を招くだけだ）

ミスト王国軍は、長い隊列を組んでいるのだ。

そして、デュランが居るのは軍の先頭から見て少し後ろ辺りだ。

それに、今の計算はあくまでも歩兵同士の間隔を一・五メートルと仮定した上で導き出した距離でしかないのだ。

だが、軍を構成するのは歩兵だけではない。

騎馬《きば》も居るし、工兵も居る。

十五キロという距離はあくまでも最低限の数字でしかないのだ。

実際には、二十キロ近い距離があると考えるべきだろう。

何より、後方には食料や武具を満載《まんさい》した輜重《しちょう》部隊が列を成して続いている。

(歩兵や騎馬なら街道を逸《そ》れて行軍する事も可能だろうが、荷馬車が主な輜重部隊で草原を進むのは不可能……それを考えれば、こちらが横に避けるのも無理だな……)

そうなると、現時点で打つ事の出来る選択肢は一つしかない。

(早急《さっきゅう》に部隊を派遣《はけん》して、難民達をその場で待機させるしかないだろうな)

その後、ミスト王国軍が人を派遣して、草原に誘導《ゆうどう》してすれ違《ちが》うのだ。

一車線しかない狭《せま》い山道で対向車とすれ違う為には、どちらかが待避所《たいひしょ》に下がるしかないのと同じだ。

だが、ちょっと移動すれば良い車と違い、集団同士がそれをするには膨大《ぼうだい》な時間と調整が必要になる。

(一日や二日では無理だ……向こうは単なる烏合《うごう》の衆。統率《とうそつ》もへったくれもないだろう)

それに、ミスト王国軍の総指揮官であるデュランとしては、難民の保護も考えなければならない。

少なくとも、誰かに対応を引き継ぐまでは、デュランが責任者として主導権を取るしかないのだ。

（王都近郊の平原で野営させるとしても調整に時間が掛かる……下手をすれば一週間か十日は必要になるだろう）

その瞬間、デュランは楠田《くすだ》の策謀が頓挫《とんざ》した事を理解した。


その夜、草原に設営された天幕の中で、アレクシス・デュランは一人物思いに耽《ふけ》っていた。

此処《ここ》は、本来予定していた野営地ではない。

元々の野営地は此処から更に数十キロ南に進んだあたりだった。

だが、昼間に斥候が齎《もたら》した報告の所為《せい》で、デュランは急遽《きゅうきょ》野営地を変更せざるをえなかったのだ。

勿論、それはそれで色々と面倒事が起きたのだが、それでもデュランとしては満足出来る結果で処理出来る見通しが立ち、胸を撫《な》で下ろしているというのが正直なところだろうか。

行軍停止を決断した部下の判断を、デュランは心から称賛していた。

（彼が斥候部隊の報告を聞いて独断で行軍停止を命じなければ、場合によっては人死にが出ていただろう……まぁ、独断が過ぎるという声もある様だし、本人も責任を取ると言っているが、今回の様な状況では、彼の臨機応変さを評価すべきだろうな）

確かに、信賞必罰《しんしょうひつばつ》は軍を維持する上で絶対に必要なものだ。

また、独断専行が軍紀の上では懲罰《ちょうばつ》に値する行為なのも間違ってはいない。

（しかし、物事には表と裏が存在する）

軍の規律を重んじるのは当然だが、それに固執《こしつ》して損害を出すのは本末転倒でしかない。

結局、その辺りはバランスであり、決定権を持つ人間の器量次第という事になるだろう。

何しろ、あのまま何も手を打たず放置していれば、数十万規模の集団がぶつかる事態にもなりかねなかったのだ。

（ミスト王国軍の存在を見つけた難民達がとるであろう行動は四つ）

進もうとする者、避けようと脇に逸れる者、後ろに下がろうとする者、その場に止まろうとする者に分かれるだろう。

（全体を統率する人間が居ないのだからな）

結果的に、個々人が自分の行動を自分の意思で決めなければならない。

だが、そんな事をすれば千々に乱れる結果、必然的に大惨事《だいさんじ》が起こるだろう。

何かのはずみで転倒《てんとう》などすれば、悪意の有無《うむ》にかかわらず踏み殺されかねないし、そうなる可能性は極めて高いと言い切る事が出来る。

統率の取れない群衆ほど始末に負えないのだから。

（それに、事と次第によっては、我がミスト王国軍が、自分の国の民を殺す事も有り得ただろうな……）

それこそ、この大地世界によくみられる特権意識に凝《こ》り固《かた》まった人間が指揮を執っていたら、難民を文字通り踏み潰《つぶ》してでも前進を命じかねない。

（勿論、軍事的に民の犠牲《ぎせい》が必要な状況というのは存在する……戦略的に、戦術的に、どうしても犠牲を強《し》いる事は有り得る）

問題は、それを選択《せんたく》した後の後始末の仕方だ。

非情の決断は構わない。

だが、非情の決断を下すだけの利と理が無ければ、人は納得しない。

それを示せなければ、ミスト王国の国民は不満と不審《ふしん》を抱《いだ》き、兵士の士気は確実に低下するだろう。

そんな事態を避けられたのだ。

（越権行為《えっけんこうい》に近いとはいえ、彼の判断はやはり正しい）

そんな部下に対して、デュランが多少の融通を利かせてやりたいと思うのは、それほど不自然でもないだろう。

（ただやはり、恩賞を与えたり昇進させたりするのは難しいだろうな……それならば、私の側近に加えてやるのも良かろう……周囲には懲罰という形を取ればよい……か）

漸《ようや》く、今後に関しての方針が見え始めてきたのだろう。

そんな事を考えながら、デュランは卓《たく》の上に置かれたグラスへと手を伸《の》ばした。

程よく冷えた黄金色《こがねいろ》の液体がデュランの喉《のど》を滑《すべ》り落ちていく。

（しかし、ジェルムク周辺の住民達を使ってこちらの足止めとは……な）

発想そのものはありふれたものだ。

だが、それを実際に実行出来るかと問われれば、中々に難しいだろう。

何しろ、現時点に於《お》いて、ローゼリア王国とミスト王国はエルネスグーラ王国を盟主とした四ヶ国連合に属する同盟国なのだ。

必然的に、御子柴大公軍とミスト王国軍も味方同士という事になる。

それにも拘わらず、御子柴亮真はミスト王国軍のジェルムク救援《きゆうえん》を拒《こば》んだ。

それは、アレクシス・デュランの狙《ねら》いを、御子柴亮真が見抜《みぬ》いた事に他ならないだろう。

(何しろ、住民達には全ての家財道具を持って行くようにと、態々命じて退去させたくらいなのだから……な)

地獄の沙汰《さた》も金次第という言葉がある様に、人は人間社会で生きていく上でどうしても金という物が必要となる。

人は、食料を得るにも、服を得るにも、住む場所を得るにも、金を必要とするのだ。

金という存在が無ければ人は人間社会では生きていけない。

どうしても金と縁《えん》を切りたければ、衣食住の全てを自給自足で賄《まかな》わなければならなくなるだろう。

それを考えれば、住み慣れた故郷から離れる避難民達《ひなんみんたち》が、自らの家財道具を全て持って行きたいと思うのは当然の事だと言える。

ただ、現実的に住民達の家財道具の持ち出し許可を出す武将はまず居ない。

だから、それを許した御子柴亮真は心優《こころやさ》しき仁将などと持て囃《はや》される事になる。

（実際、聞き取りをした住民達は、誰もが御子柴を誉《ほ》めそやしていたから……な）

だが、御子柴亮真が住民達に家財道具を持たせたのは、優《やさ》しさや善意などでは決してないのだ。

（家財道具を持ち出すとなれば、必然的に避難民の足は遅《おそ》くなるからな）

デュランは、そんな御子柴亮真の狙いを正確に見透《みす》かしていた。

（御子柴亮真か……）

デュランの顔に笑《え》みが浮かんだ。

（ミスター須藤の手紙にも書かれていたが、実に面白《おもしろ》い男の様だ……ミスター楠田が複雑な感情を抱くのも理解出来る）

それは、組織の人間としては些《いささ》か不適切な感想だろう。

しかし、一人の将として、この必殺の策を掻《か》い潜《くぐ》って見せた知略には敬服の念を禁じ得ないというのが正直なところなのだ。

「出来れば一度会ってみたいものだな……。まぁ、それもこれも、彼が猛将ブルーノ・アッカルド率いる連合軍との戦に勝てれば……だがね」

デュランが率いるミスト王国軍がジェルムクに到着《とうちゃく》しないからと言って、御子柴亮真が優位になる訳ではないのだから。

そして、デュランは高らかに笑い声を上げる。

久方ぶりに感じた好敵手の存在を楽しむかのように。

第一章　誇《ほこ》りと代償《だいしょう》

時は、戦象部隊が御子柴亮真《みこしばりょうま》の仕掛けた罠に嵌《はま》り壊滅《かいめつ》の憂《う》き目《め》にあう数時間前にまで遡《さかのぼ》る。

ルブア平原。

ジェルムクの南に広がるこの平原は、小高い丘《おか》や林が点在しており、過去幾度となくミスト王国とブリタニア王国とが矛《ほこ》を交える戦の舞台《ぶたい》となって来た。

この大地には両国の兵士達《たち》の躯《からだ》が無数に眠《ねむ》っている。

まさに屍山血河《しざんけつが》といったところだろうか。

そんなルブア平原の北部に位置する丘陵《きゅうりょう》には、ブリタニアとタルージャという二つの王国の兵士達が、来るべき戦に備えて集結していた。

幾重《いくえ》にも柵《さく》が張り巡らされ、無数の旗が翻《ひるがえ》っている。

それはさながら、砦《とりで》の如き様相を呈《てい》していた。

無数の天幕が設営され、人馬が行き交《か》う。

彼等にとって、御子柴亮真の奇襲《きしゅう》によって城塞《じょうさい》都市ジェルムクの包囲網《ほういもう》を破られたという事実は屈辱《くつじょく》でしかない。

何しろ九割方勝利を掴《つか》みかけていた戦況を、いともあっさりとひっくり返されたのだから、その雪辱戦《せつじょくせん》に燃えるのは当然と言えるだろう。

それは連合軍の総指揮官であるブルーノ・アッカルドを筆頭に、前線で体を張る末端《まったん》の兵士達も皆《みな》同じ気持ちだ。

ましてや、本国からの援軍と合流し、敵の数倍もの軍勢に膨《ふく》れ上がっているとなれば、その士気は天をも焦《こ》がさんばかりに燃え上がっていた。

だが、そんな喧騒《けんそう》の中において、その一角だけは趣《おもむき》が些か異なっている。

とは言え、別段彼等にやる気が見られないとか、士気が低いという訳ではない。

いや、ある意味では連合軍のどの将兵よりも旺盛《おうせい》な士気と言えるだろう。

違うのはその方向性。

それは炎の如き周囲の熱気とは対照的な、極寒《ごっかん》の冷気とも鋼の冷徹《れいてつ》さとも言うべきものだろうか。

そもそもとして、その一角で待機している戦士達の装《よそお》いからして違っていた。

ブリタニアとタルージャの兵士達の多くが、西方大陸の多くの国々で見られる金属製の鎧《よろい》に身を固める兵装であるのに対して、その一団の戦士達は、どちらかと言えば軽装備に見えた。

胴体《どうたい》は革製《かわせい》の鎧に守られているが、二《に》の腕《うで》から先は剥《む》き出しのままだし、脚部《きゃくぶ》も脛当《すねあ》てを身に着けているだけの身軽な装備だ。

それに、鎧の材質やその形状にも個々人で差がかなりある。

金銀を使用し装飾《そうしょく》を施《ほどこ》した華美《かび》な物から、簡素な物まで実に様々だ。

国家に属する軍隊というよりは、傭兵《ようへい》に近い。

彼等《かれ》が、陣形《じんけい》を組みぶつかり合う集団戦よりも、機動性と個人の技量を重視した戦い方を想定している証だ。

また、彼等が身に着けているのは西方大陸でよく見かける両刃《りょうば》の長剣《ちょうけん》ではなく、片刃《かたば》の湾曲《わんきょく》した刀というのも特徴的《とくちょうてき》だった。

それは、日本刀や中国で用いられる柳葉刀《りゅうようとう》とは明らかに異なった形状。

細身で鋭利《えいり》な刀身から見て、敵を切り裂《さ》く事を主眼にしているのは共通しているのだろうが、十字の鍔《つば》と柄《つか》の部分に設けられたナックルガードや、切っ先部分を両刃にしている点から考えると、インドで用いられてきたタルワールに近いと言えるだろう。

何方《どちら》にせよ、この西方大陸ではあまり見かけない兵装だった。

そして、そんな刀剣《とうけん》の形状や鎧の違いにも増して何よりも目を引くのは、彼等の頭部と口元を隠《かく》す様に巻かれた布だろうか。

彼等の頭部は赤や白のターバンに覆《おお》われている。

それも日本人がターバンと聞いて思《おも》い浮かべるインドのシク教の信徒がよく行う頭部のみに巻き付けるスタイルではなく、アラブ系の民族がよく行っている口元まで覆う巻き方だ。

必然的に、彼等の表情は布で覆われ窺《うかが》い知る事が出来ない。

それは、西方大陸に暮らす多くの人間にとって異質で異様な装いだ。

そして、その異質さが嫌悪《けんお》や侮《あなど》りを生むのだろう。

事実、ブリタニアとタルージャ王国の将兵たちの中には、彼等を蛮族《ばんぞく》と侮り、嫌悪している人間も少なくない。

簡素とも言える鎧だけを見れば、まともな装備も支給出来ない貧乏《びんぼう》国が、数合わせで集めた雑兵の様に見えなくもないのだから。

しかし、そんな評価は彼等と間近で接し、その視線を向けられた瞬間に雲散霧消《うんさんむしょう》してしまうだろう。

彼等の目元に設けられた布の隙間《すきま》から覗《のぞ》き見える眼光の鋭さと、全身から発散されている張りつめた空気が、明らかに常人のモノとは一線を画しているのだ。

それはまさに、彼等が数多《あまた》の死線を潜り抜《ぬ》けてきた歴戦の戦士である証。

そして、彼等の鋼の如く鍛《きた》え上げられた肉体を見れば、彼等を雑兵と侮った愚か者は、己《おのれ》の浅薄《せんぱく》を悔《く》やむ事になる。

実際、彼等は皆、人という種族を超越《ちょうえつ》した存在なのだから。

「では、通らせて貰《もら》うぞ。アヤンには面倒を押し付ける事になるが、しばらく周囲を警戒《けいかい》していてくれ」

そう言うと、男は羽根飾《かざ》りのついたターバンを巻いた兵士の肩を軽く叩《たた》いた。

男の身長は二メートル前後といった所だろうか。

筋骨逞《たくま》しく大柄《おおがら》な体。

その二の腕は女性の太腿《ふともも》ほどもあるだろう。

年《とし》の頃《ころ》は三十歳《さい》前後といった所だろうか。

それはまさに、心技体のバランスが調和し、戦士として絶頂期に差し掛かりつつある年齢《ねんれい》だ。

実際、男の戦士としての技量は並み外れている。

だがそれ以上に、男には人の上に立つ人間が持つ風格や威厳《いげん》の様な何かが滲《にじ》み出ていた。

とは言え、それは極《きわ》めて当然の事だ。

男は、この一団を率いる族長の娘《むすめ》に次ぐ立場なのだから。

「はい、ラーヒズヤ様……我が身《み》に替えましても、この天幕に犬共を近寄らせる事はございません。ご安心ください」

その言葉を聞き、ラーヒズヤと呼ばれた男は深く頷いて見せる。

アヤンの表情と口調から、彼がこの任務に強い決意をもって臨んでいる事を感じ取ったのだろう。

それは、自らの役割を命に代えても果たすと言う強い覚悟だ。

そしてそれは、アヤンの背後に立ち並ぶ兵士達からも同じものを感じ取る事が出来る。

(頼《たよ》りになる男達だ。彼等の覚悟に報《むく》いてやれれば良いのだが……)

部下の功に報いるのは上司の務めであり義務だ。

それは、現代社会における会社員でも、この大地世界《アース》に於ける貴族達でも変わらない。

集団を形成する為《ため》に必要不可欠な行為《こうい》と言う方が正しいだろうか。

しかし、気持ちの上では報いてやりたいと考えていても、実行するとなると中々に難しいのも事実だろう。

それは、会社の社長が社員の給料や賞与の額を上げてやりたいと考えていても、それを可能とする利益が無ければ実現不可能なのと似ている。

文字通り、無い袖は振れないのだ。

それに加えて、ラーヒズヤ自身にも問題がある。

(所詮、今の俺は父親の威光を笠に着る狐に過ぎない。悔しい事だが……な)

そんな状況で、自分に与《くみ》する部下や仲間に対して優遇《ゆうぐう》するのは難しい。

勿論《もちろん》、可能か不可能かという意味からすれば可能ではあるだろう。

それだけの権限をラーヒズヤは持っているのだから。

しかし、周囲からの反発や反感を考えれば明らかに悪手。

ラーヒズヤを慕《した》う者達が居る一方で、敵意を抱いている者達も少なくはないのだから。

(いや……少なくないというのは些か語弊《ごへい》がある……か)

勿論、旗幟《きし》を鮮明《せんめい》にして、明確にラーヒズヤと敵対している人間の数はそれ程《ほど》多くはない。

部族全体を見回しても、二割か多くても三割程度だろうか。

しかし、敵対とまではいかなくとも、内心では不満や反感を抱いている部族民は少なくないのが実情だ。

彼等は、表面的には命令に従った振りをしてはいるが、内心ではラーヒズヤが失敗を犯《おか》す日を虎視《こし》眈々《たんたん》と待ち望んでいる。

そういった潜在的《せんざいてき》な敵対者まで含めれば、全体の過半数を大きく超《こ》え、七割近くに上るというのが実際のところだろう。

そんな敵対者達をラーヒズヤは必死に宥《なだ》めすかし、時には力で脅《おど》して押《お》さえつけ従えてきた。

とは言え、ラーヒズヤも今の状況《じようきよう》を好ましいとは考えてはいない。

(部族の間に亀裂《きれつ》を生じさせてしまったのは事実だから……な)

ただ、それを理解していても尚《なお》、ラーヒズヤは自らが選んだ道を諦《あきら》めようとは思わなかった。

言葉で説得するのが理想ではあるのは理解しているものの、その理想を実現する為には時間が掛かる。

(だが、その時間が我々には……)

だからと言って、対立を避けるという選択肢《せんたくし》もラーヒズヤには選べないのだ。

ラーヒズヤの脳裏《のうり》に、故郷の光景が過る。

(他に道が無いのであれば、進むしかないのだ……たとえそれが茨《いばら》の道と分かっていても……だ。あの子達こそが我が部族の未来、それを守れるのであれば、私は悪魔《あくま》とだって取引きをするだろう……仮に、その代償として魂《たましい》を支払《しはら》う羽目になったとしても……だ)

ラーヒズヤが諦めれば、多くの民が飢《う》える羽目になるのは目に見えているのだから。

(だからこそ、部族内部の対立を連中に知られる訳にはいかない。もし、連中が部族内部に意見の対立が生じている事を知れば、間違《まちが》いなく軍勢の矛先《ほこさき》を我々へ向けるのが目に見えているからな)

まさに、内憂外患《ないゆうがいかん》。

ラーヒズヤにとっては、薄氷《はくひょう》を踏むかの如き心境だろう。

確かに、今のところはブリタニア王国とタルージャ王国の二国と化外の民は手を結びはした。

しかし、それは非常に不安定な関係でしかない。

表面的にはどう見えようとも、両国が化外の民にとって潜在的な敵である事に変わりはないのだから。

そんな両国に、部族内で生じている亀裂を知られるのは致命傷《ちめいしょう》というより他に言い様が無いだろう。

(大陸南部に割拠《かっきょ》する国々にとって、我ら化外の民は文字通り体の内部に巣食っている病巣《びょうそう》の様な存在なのだからな)

排除しなければ、自分達の命に危険が及《およ》ぶ存在。

その病巣を摘出《てきしゅつ》出来る機会が巡《めぐ》ってきたと見れば、彼等は多少のリスクは許容の上で容赦《ようしゃ》なく牙《きば》を剥き出すだろう。

化外の民の存在は、南部諸王国に暮らす人々にとって、常に嫌悪と憎悪《ぞうお》、そして恐怖《きょうふ》の対象でしかなかったのだから。

(ただそれは、化外の民と呼ばれ連中から迫害《はくがい》を受けてきた我等から見ても同じ事が言えるが……な)

憎《にく》み憎まれ、蔑み蔑まれる。

何方《どちら》かが善で、何方かが悪という訳ではない。

何方もが善で、何方もが悪。

だからこそ、一時的に停滞《ていたい》しようと、横道に逸れようとも、結局その行き着く先は一つしかないのだ。

（まぁ、我々と連中との歴史的な確執《かくしつ》を考えれば当然だろう）

何《いず》れ白黒を付ける日はやってくる。

それは、神でも避ける事の出来ない決定事項《じこう》。

（だが、避ける事は出来なくとも、矛を交える日を選ぶ事は出来る）

そして、その為には自分達に不利な情報を敵に漏《も》らさない為の情報統制が必須《ひっす》。

とは言え、それを実現するのは実に難しい。

まさに言うは易《やす》く行うは難《かた》しといったところだ。

だからこそ、そんな難しいラーヒズヤの立場を理解し、真摯に協力してくれるアヤン達の様な存在は、何よりも有難《ありがた》い。

ましてや、これから行われる陰鬱《いんうつ》な会談の相手が誰《だれ》かを考えれば、その有難みも一入《ひとしお》といえるだろう。

「あぁ、お前達には苦労を掛《か》けるが警戒を怠《おこた》るな。ただでさえ族長に近い連中の多くは今回の戦に不満を抱いているのだ。そんな状況で、あの下種《げす》共にまでこちらの足元を見られる様な事態になる事だけは避けたいから……な」

そう吐《は》き捨てる様に呟《つぶや》くと、ラーヒズヤは天幕の入口を潜《もぐ》る。

そして、そんなラーヒズヤを出迎《でむか》えるのは一人の女だ。

一言で言えば、その女は美しかった。

小麦色の肌《はだ》に、女性らしい凹凸《おうとつ》を保ちながらも戦士として引き締《し》まった肉体と天から与《あた》えられた艶《あで》やかな黒髪《くろかみ》と切れ長の目は、周囲の視線を集めずにはいられないだろう。

だが、今の女を見て、彼女《かのじょ》を美しいと感じる人間は少ない。

勿論、端整《たんせい》な顔立ちが何か変貌《へんぼう》したという訳ではない。

だが、今その女から感じられるのは美しさよりも恐怖が先立つ。

女の目は吊《つ》り上がり、体は抑《おさ》えきれない程の憤怒《ふんど》で小刻みに震《ふる》えていた。

そんな女を見れば、大半の人間は怖気《おじけ》を抱く。

それに加えて、水蜜桃《すいみつとう》の如き唇《くちびる》の間から見えているのは鋭い牙。

それはまさに、鬼《おに》の如き形相と言えるだろう。

とは言え、それはある意味当然の感想だった。

何しろ、女は人種ではない。

鬼人《きじん》と呼ばれる亜人《あじん》であり、夜叉《やしゃ》と呼ばれる種族なのだから。

それに加えて、ラーヒズヤに対しての嫌悪と怒《いか》りが、女の顔を歪《ゆが》ませている。

人知を超えた美しい顔立ちだからこそ、より恐ろしく見えるのだろう。

女の名はハリシャ。

それは、今回の戦に参加した化外の民と呼ばれる一団を率いる将の名だ。

そして、そんなハリシャは今、戦士達が厳重に警戒している陣《じん》の中央に設けられた天幕の中で、ラーヒズヤを相手に激しい舌戦《ぜっせん》を繰《く》り広げようとしていた。

「本当に、あの者達に協力するの？　それが、誇り高き我が部族が進むべき道だと貴方《あなた》はそう言うの？」

血を吐く様な問い掛けであり、拒絶《きょぜつ》の言葉だ。

「何故、我が誇り高きマニバドラの民が、タルージャ王国の下種共に力を貸さなければならないの？　我等は、あの石の都に暮らす強欲《ごうよく》な能無し共とは違う筈なのに！」

それは、マニバドラ族の族長の娘であり、この戦に援軍として参加した兵士達を束ねる将としての偽《いつわ》らざる本音であり、魂の叫《さけ》びだろう。

実際、ハリシャはこの戦に参加などしたくはないのだ。

ハリシャの知る道徳や正義とは無縁《むえん》の戦に自分の部族の民を参加させるなど、部族長の娘としての立場から考えて、到底納得《とうていなっとく》など出来る訳が無いのだから。

だが、そんなハリシャの言葉は、部族の長老衆から送り込《こ》まれた副将であるラーヒズヤには届かない。

いや、ラーヒズヤはハリシャの心境を分かった上で黙殺《もくさつ》しているというのが正しいだろうか。

「御嬢様《おじょうさま》、今更我儘《いまさらわがまま》を言わないでください。我等はタルージャ王国と契約《けいやく》を結んだのです。それはマニバドラ族の総意であり、たとえ族長の娘である貴方であっても、この決定には従って戴《いただ》く義務があります」

そんなラーヒズヤの言葉を聞き、ハリシャの顔に朱《しゅ》がさした。

「ふざけないで！　部族の総意？　何が総意よ。我が父である族長が病床《びょうしょう》に倒《たお》れたのを良い事に、貴方の父親であるドゥルーヴが長老達を抱き込んで決めただけでしょう！　父上が健在ならば、誰があの石の都に暮らす民に助力する話など受け入れるものですか！　あの腰抜《こしぬ》け共が、我が部族にどんな仕打ちをしてきたか、貴方とて分かっているでしょうに！」

それは、マニバドラ部族のみならず、化外の民と呼ばれる民族の殆《ほとん》どが抱く共通の認識《にんしき》であり想いだろうか。

だが、そんなハリシャの批難を浴びてもラーヒズヤに怯《ひる》む様子も、己が行動を恥《は》じる様子も見えない。

いや、その顔には冷たい笑みすら浮《う》かんでいる。

それは、政治を知らない小娘《こむすめ》の理想を散々に聞かされて、うんざりとしている証。

実際、この話はタルージャ王国の領内にあるマニバドラ族の村を出発してから、幾度となく繰り返されてきた話題なのだ。

内容も結末も概《おおむ》ね同じとなれば、食傷気味になって当然と言えるだろう。

それでも、ハリシャが族長の娘である事と、十代半ばで未《いま》だに分別を持たない小娘と思えばこそ、ラーヒズヤは我慢《がまん》して相手をしている。

だが、その忍耐《にんたい》もそろそろ限界が見え始めているらしい。

そして遂《つい》に、ラーヒズヤは秘《ひ》め隠していた論理という名の刃《やいば》を抜き放った。

「では、タルージャとの契約を破棄《はき》しますか？」

その問い掛けには、若干《じゃっかん》の苛立《いらだ》ちが混じっている。

だが、その言葉には異論をはさませないだけの理が込《こ》められていた。

そんなラーヒズヤの言葉にハリシャは気勢を削《そ》がれ押し黙る。

そして、言葉を詰《つ》まらせるハリシャに対して、ラーヒズヤは舌鋒鋭《ぜっぽうするど》く攻《せ》め立てた。

それはまさに正論という名の暴力。

「ですが、既《すで》に契約金《けいやくきん》として彼等から受け取った食料や物資は部族の皆へ配ってしまっています。それを彼等へ返すとなれば、民の家に押し入って無理やり取り上げる事になるでしょう……ですが、そんな事をすれば体力の低い女子供から餓死者《がししゃ》が出かねません。御嬢様はそこまでしてでも、連中と交わした契約を破棄されたいと？」

その問いに、ハリシャは返す言葉を失った。

そして、そんなハリシャに対してラーヒズヤは冷笑《れいしょう》を向ける。

いっそ、部族の民が飢えようとも、歴史と誇りに準じるというのであれば納得《なっとく》は出来ずとも理解は出来る。

また、生存の為に部族の誇りを投げ捨てるという道を選ぶのも良いだろう。

（だが……この方にそんな度胸などない……そして、我々には誰もが納得する正しい道を選ぶ時間も残されてはいない）

故郷の村に残された民達は今、飢えという名の現実と戦っているのだから。

マニバドラ部族を始めとした夜叉《やしゃ》達《たち》は、狩猟《しゅりょう》や果物の採取を主な生業としている民であり、南部諸王国に広がる森林地帯の奥深《おくふか》くで暮らしてきた。

だが、近年では南部諸王国全体で木々の伐採《ばっさい》が進んでおり、その影響《えいきょう》からか狩猟だけでは生活が困難になってきているのだ。

(何しろ、大陸南部は十数もの国が入り乱れる西方大陸最大の激戦区だからな。ブリタニアにせよタルージャにせよ、自国の国力増強は急務だ)

そして、その熾烈《しれつ》な生存競争を勝ち抜く上で、人口を増やすというのは国の支配階級にとって当然の政策と言える。

人口が増えれば軍事力にも経済力にもプラスの影響が出るのは間違いないのだから。

(だが、人口を増やす為には食料を確保しなければならない。そして、食料を確保する方法として効率的なのは穀物を育てる事だ……)

漁業や狩猟に比べて、農業は安定して大量の食糧《しょくりょう》を得る事が出来る。

そういう意味からすれば、人口を増やす上で農業生産力の増強は必須だろう。

ただ、多くの利点がある一方で問題点がない訳でもない。

生産性の向上には農具の開発や生産を始めとして、品種改良も必要になってくるだろう。

(考慮《こうりょ》するべきものは幾《いく》つもある。だが、それらの中でも、農地の確保は両国にとって最大の課題だ)

農地を増やす方法は大きく分けて二つ。

農業に適した他人の土地を何らかの方法で奪《うば》い取るか、農業に適さない自分の土地に手を入れて開墾《かいこん》するかという事になる。

(まぁ、農地に適している自分の土地を耕すという選択肢も無い訳ではないが、そういった土地は既に開墾されているか、何らかの理由で手が出せない場合が殆どだからな)

他国との紛争《ふんそう》地帯だったり、名前持ちと呼ばれる様な巨獣《きょじゅう》の中でも特級の危険生物が縄張りとしていたりする場合が考えられるだろう。

どちらの場合も解決には時間と労力が掛かる。

(だから彼等は、自国領に存在する森林地帯の伐採を選んだ)

他国を攻める前に、出来るだけ国力を上げておきたいという事なのだろう。

伐採した木々を材木や木炭として販売《はんばい》すれば、経済効果も見込《みこ》めるのだから、選択肢としては悪くない。

少なくとも、ブリタニアとタルージャの両国にとっては最善の選択。

(だがそれは、大陸南部の森林地帯が縮小されていくという事を意味している)

そして、結果的に狩《か》りの獲物《えもの》が減少した。

特に今年はその影響が大きく、マニバドラ部族のみならず、化外の民と呼ばれる西方大陸南部に広がる森林地帯で暮らす部族全体で大きな問題となっているのだ。

最近では、狩りの縄張りを巡って他の部族との争いが頻発《ひんぱつ》していて死傷者も出ている。

そんな危機的状況の中で、降って湧《わ》いた様なタルージャ王国との傭兵契約《ようへいけいやく》という話を持ってきたのが、ラーヒズヤの父親でありマニバドラ部族の長老の一人であるドゥルーヴだ。

そして、部族民の多くがドゥルーヴの提案に賛同した。

実際、日々の生活に支障が出る程の飢えに晒《さら》されていれば、部族の誇りもへったくれもないのだから。

「それは……」

ハリシャの顔に浮かぶのは苦悶《くもん》の色。

結局、理詰《りづ》めで責められてしまえば、旗色が悪くなるのはハリシャの方なのだ。

実際、マニバドラ族が直面している問題の解決方法として、タルージャと結んだ傭兵契約は実に現実的な解決手段であり、効果的な選択肢と言えるのだから。

それは、ハリシャを含めたマニバドラ族全体の認識と言って良いだろう。

難点があるとすれば、それは部族の誇りを著《いちじる》しく傷付ける行為だという点だけ。

だが、それこそが問題なのだ。

だからこそ、ハリシャもまた己の理を言葉にしてラーヒズヤに立ち向かう。

「でも、マニバドラ族の全てがその提案に賛同した訳ではないわ」

部族の伝統と誇りを何よりも重要視する人間も存在している。

そして、その代表格とも言える人物こそ、このハリシャに他ならない。

部族としての誇りを重んじるか、実利を求めるか。

何方が正しいかではない。

何方を選ぶかだ。

だが、そんなハリシャに対して、ラーヒズヤは更《さら》なる追い打ちを掛ける。

「御嬢様……いい加減弁《わきま》えていただけませんか？　正直に申し上げて、貴方が声高《こわだか》に叫ぶ部族の誇りなど、今の我々には無用の長物でしかないのです。いや、いっそ害悪と言った方が良いでしょう」

事ここに至っては、本音を隠す努力を諦めたらしい。

それは、ラーヒズヤにとって、我慢に我慢を重ねて今まで口にするまいと心の奥《おく》に押し隠してきた本音。

「何ですって！　貴方は我《わ》が部族が連綿と紡《つむ》いできた歴史と伝統を忘れ去ろうと言うの？　我等夜叉に劣《おと》る肉体しか持たない脆弱《ぜいじゃく》な人種に膝《ひざ》を屈《くっ》しろと？」

西方大陸の南部に広がる森林地帯で何百年も暮らしてきた誇りと伝統を無価値と断じられ、ハリシャは怒号《どごう》を上げた。

しかし、そんなハリシャに対してラーヒズヤは鼻を鳴らして嗤《わら》う。

マニバドラ族を始めとした夜叉と呼ばれる亜人種は、生れながらにして強靭《きょうじん》な肉体と、エルフ族に匹敵《ひってき》する生気《プラーナ》の保有量を誇っている。

それに加えて、繁殖《はんしょく》能力もエルフ族よりはかなり優《すぐ》れているのだ。

種族としての基本的な性能《スペック》は、人種よりも圧倒的《あっとうてき》に優れていると言って良いだろう。

だが、種族としての基本性能が優れているからと言って、必ずしも種族間の生存競争における勝者となれるとは限らない。

いや、西方大陸における種族としての支配者が人種である事を否定出来ない以上、ハリシャの言葉は負け犬の遠吠《とおぼ》え以上の価値を持たないのだ。

(何故《なぜ》そんな簡単な理屈《りくつ》が分からないのだ……)

勿論、戦となれば夜叉は強い。

それはラーヒズヤにも異論はなかった。

(種族としての身体的な基本性能が人間を上回っているのは間違いない)

それは、白兵戦が主流の大地世界の戦に於いて、何よりも大きな優位性《アドバンテージ》というのも正しいし、それを以《もっ》て夜叉という生命体が人より優れているというのも、決して間違いとは言えないだろう。

それに加えて、夜叉は怪物達《かいぶつたち》を制御《せいぎょ》し使役《しえき》する術を保有している。

駆獣術《ぎょじゅうじゅつ》と呼ばれるその技術は、人種をはじめエルフ族などの他の亜人種には持ちえない夜叉だけの技術であり、その怪物を使役する事で得られた戦闘《せんとう》能力は圧倒的と言って良い。

特に、ハリシャが率いる戦象部隊は、この大地世界において代えの利《き》かない戦力だ。

何しろ、四刃象《ステゴテリウム》と呼ばれるこの象の様な生物は、その巨体《きょたい》を利用した圧倒的な破壊力《はかいりょく》が持ち味の生物兵器であり、化外の民達が自らの独立性を維持《いじ》する為の切り札でもある。

そして、その兵器を操《あやつ》る術に長《た》けたハリシャがこの戦に参戦するかしないかは、文字通り戦の趨勢《すうせい》を左右する要素の一つとなり得るだろう。

実際、平野部で戦を行う際に、その巨体を活《い》かした戦象の突破力《とっぱ》は戦の勝敗を左右するだけの力を持っている。

今回の戦争においても、ハリシャ率いる戦象部隊が参戦する事も、契約の中に含まれているくらいなのだから。

（だから、御嬢様の様に我々夜叉が人よりも優れていると勘違《かんちが》いをする者が出てくる……）

しかし、ラーヒズヤから見れば、それは大いなる勘違いでしかない。

夜叉という存在は、この大地世界に於いて種族としての絶対的な優位性を確保しているとは言い難《がた》いのだ。

勿論、優れている点が無い訳ではない。

（我々は生まれながらにして人種を超える強靭な筋力を与えられた。それに、この世界では肉体こそが最も信頼《しんらい》出来る重要な武器なのは間違いないからな）

少なくとも、その評価に異論を持つ者は少ない。

夜叉を化外の民と蔑《さげす》んできた人間達も、その事は十二分に理解しているだろう。

（何より、我々にはアレがある）

命と引き換《か》えになるとは言え、その奥の手《て》は文字通り彼等に神の如き力を与えてくれる。

それが夜叉という種族だけが持つ優れた特性であるのは間違いないのだから。

ただ問題なのは、その優位性が絶対不変であると錯覚《さっかく》する事。

（夜叉を始めとした鬼人種が優れた種族なのは間違いない。しかし、絶対的な優位性を確保出来ているかと言えばそうとは言い切れないだろう……この世界には弱者が強者に抗《あらが》う術が存在しているからな）

法術という超常《ちょうじょう》の力を操る術が存在する以上、種族特性としての肉体的な頑強《がんきょう》さや戦闘技術だけでは、些《いささ》か心もとないというのが事実だ。

実際、今回の戦においてもマニバドラ部族の兵士達は、連合軍にとって重要な戦力なのは間違いないが、主戦力かと問われれば首を横に振《ふ》るしかない。

その根本的な理由はやはり、夜叉という存在が人種に比べて数の上で劣るという点だろう。

事実、彼等は生存競争という点において劣勢《れっせい》を強いられている。

それはつまり、夜叉という存在が人種に比べて弱い事を意味していた。

（我々が化外の民などと呼ばれ森の中での生活を強いられるのも、結局は弱いからだ。その事実を前にして、種族の誇りなど……）

ラーヒズヤもハリシャの言葉を戯言《たわごと》や妄想《もうそう》とまでは思わないが、自分達が置かれた状況に対して分不相応であるとは思っている。

（弱い事は悪ではない。だが弱いまま現状に甘《あま》んじ強者を嫉《そね》むのは間違いなく悪だ）

そもそも、本気で夜叉としての生き様や歴史を誇りとしたいのであれば、誇りを公言する必要などない。

（誇りという言葉ほど虚《むな》しく軽薄《けいはく》な物はない。その人間の生き様こそが誇りであり、それは言葉で語るべきものではないのだから……)

それが分かっているからこそ、ラーヒズヤは己の信念を曲げようとはしない。

「そうとは言いません。ですが、現実的に方法は無いでしょう。それとも、契約を破棄してしまった上で契約金は返さないと破落戸《ごろつき》の様に居直ってみますか？　如何《いか》に相手が軽蔑《けいべつ》すべき輩《やから》とは言え、それが御嬢様の言われる誇りですか？」

「勿論、このままでいいなんて思ってないわ。貴方達《あなたたち》の言いたい事も分かっている。でも、だからと言って譲《ゆず》れない一線があるのよ。私達が部族としての誇りを喪《うしな》い、石の都の民達に阿《おもね》れば、それは単に我がマニバドラ部族だけの問題では済まないわ。いずれ南部の森に住まう全ての夜叉が、あの怯懦《きょうだ》にして愚劣《ぐれつ》な人種の軍門に下る事になりかねないのよ？　貴方はそれを認めるというの？　それは本当に我々にとって最善だと？」

「勿論、最善ではないでしょう。だが、それならば貴方には他に解決策があると言うのですか？もし有るというならば教えてください！　部族の民達を飢えさせないで、尚且《なおか》つ誇りも守れる手段が有るというのなら、私は喜んでそれに従います」

沈着冷静《ちんちやく》なラーヒズヤにしては珍《めずら》しい感情的な叫びだった。

実際、夜叉としての誇りを捨てる事なく、民達を上から救えるのであればその方が良いのは明らかだし、それはラーヒズヤ自身も分かっている。

(だが、そんな夢の様な解決策など有る訳が無い……無いのなら、誇りよりも命を優先するべきだ)

その優先順位が正しいかは分からないが、それがラーヒズヤの信念だった。

だからこそ権力の亡者《もうじゃ》と誹《そし》られようとも、ラーヒズヤは自らの父親であるドゥルーヴと共に部族内での権力を求めたのだ。

(それもこれも、現実を見ない族長とその取り巻き達を抑え込む為……)

それでも、彼等を物理的に排除《はいじょ》しようと画策しないだけ、ラーヒズヤは穏当《おんとう》だし部族に対して誠実だと言えるだろう。

一人一人の感情や想いを汲《く》み取り納得の出来る着地点を調整するより、反対意見を持つ者達を切り捨てた方が早いのは目に見えているのだから。

確かに、ラーヒズヤは権力を求めはした。

しかし、ハリシャ達が思うほど、権力の亡者という訳でもない。

ラーヒズヤの願いはマニバドラ部族の繁栄《はんえい》のみ。

それこそが、繁栄《ラーヒズヤ》という名を父親から与えられた男の願いであり、権力を求めたのはあくまでも部族の繁栄を達成するための手段に過ぎない。

だが時に、そんな自分の優しさや配慮《はいりょ》が、本当に正しいのかと疑問に感じる時もあるのだ。

(ウォルテニアの若き覇王《はおう》なら、間違いなく家族諸共粛清《もろともしゅくせい》の対象にしているだろうから……な)

今回の敵軍を率いる青年の噂《うわさ》はラーヒズヤも嫌《いや》というほど耳にしている。

勿論、その噂が何処《どこ》まで本当かは分からない。

だが、話半分としても、あれ程躊躇《ほどちゅうちょ》なく柵《しがらみ》を切り捨てられればどれほど楽だろうと、想像してしまうのが権力の座に就《つ》いた者の業であり夢なのだ。

たとえそれが、マニバドラ部族の力を半減させてしまう悪手だと理解していても、そんな愚《ぐ》にもつかない想像をしてしまうのは、人を率いる立場にならなければ味わう必要のない苦悩《くのう》。

そしてそれは、集団を形成するという点に於《お》いて、夜叉でも人種でも変わらないのだろう。

だからこそハリシャ達にも、そんなラーヒズヤの配慮を理解して欲《ほ》しいのだ。

彼等もまた、部族の進むべき道を決めるという重責を担《にな》う存在なのだから。

「御嬢様……貴方がおっしゃるのは所詮《しょせん》、綺麗《きれい》ごとの夢物語でしかありません。現実をしっかりと見据《みす》えた上で言葉を選んでいただけませんか？　貴方の言葉と態度が我がマニバドラ部族の行く末を決めるのだと、どうかご自覚ください」

それは、秘め隠してきたラーヒズヤという男の本心からの発露《はつろ》。

彼等が現実を見据えた対応手段を取るのであれば、ラーヒズヤとて憎まれ役《やく》を務める必要はなくなるのだから。

そんなラーヒズヤの言葉に対してハリシャは唇をかみしめて項垂《うなだ》れる。

拳《こぶし》は固く握《にぎ》られ、肩は怒りと羞恥《しゅうち》で小刻みに震えていた。

(私も感情的になって少しばかり言い過ぎた……か)

だが、口から放たれた言葉はどれほど悔やもうが元に戻《もど》す事は出来ない。

とは言え、下手な謝罪や慰《なぐさ》めが悪手なのは分かり切っている。

そんなことを言えば、頑《かたく》なハリシャの心は更にラーヒズヤを拒絶するだろう。

（少し時間を置いた方が良いだろうな）

そんな事を思いながら、ラーヒズヤはハリシャに向かって軽く一礼すると踵《きびす》を返した。

だが、そんなラーヒズヤの配慮はハリシャに届く事は無い。

「待ちなさいよ！」

その叫びにラーヒズヤの足が止まった。

「これ以上何か御用《ごよう》でも？」

その問いにハリシャは怒りで肩を震わせながら叫ぶ。

「アッカルド将軍に伝えなさい……私が率いる戦象部隊が先鋒《せんぽう》を切ると」

その言葉に、ラーヒズヤは首を傾《かし》げる。

「それは、あちらとしても願ったりな御提案《ごていあん》でしょうが……本当によろしいのですか？」

戦象という兵科を最大限に活用するのであれば、開戦直後に敵が隊列を組んでいる状況に飛び込む方が効果は高い。

乱戦になってから投入すれば、敵味方を区別なく吹《ふ》き飛ばしてしまうのは目に見えているのだから。

だがその一方で、今回の戦に対して消極的なハリシャが先鋒を請《う》け負うとはラーヒズヤも考えてはいなかった。

だからこそ、連合軍の総指揮官であるブルーノ・アッカルドとは、戦が終盤《しゅうばん》に差し掛かった際に戦の趨勢を決定づける予備戦力という形で調整しているのだ。

それがまさか、ハリシャ自身から先陣《せんじん》を要望してくるとは想定外の事態と言えるだろう。

だが、ラーヒズヤの怜悧《れいり》な頭脳が直《す》ぐにハリシャの思惑《おもわく》を瞬時《しゅんじ》に見抜《みぬ》く。

(そうか……我々の力を連合軍の将兵に見せつけるおつもりか……)

安易と言えば安易な発想だ。

(だが、悪くない……か。先鋒をハリシャ様が受け持ってくだされば、連合軍の評価は高くなるだろうからな)

何しろ、今のところ戦象部隊の役割は後方に待機しての遊軍。

戦の趨勢を担う予備戦力と言えば聞こえはいいが、要は敵軍が敗走した際のダメ押し要員でしかない。

開戦から前線で戦った連合軍の将兵の立場からすればそれはつまり、美味《おい》しい所を横取りされる様なものだ。

必然的に、将兵達《たち》からの視線は冷たいものとなるのは目に見えていた。

しかし、開戦時に先鋒を務めるとなれば話は変わってくる。

少なくとも、無駄飯《むだめし》食らいと陰口《かげぐち》を叩く人間は居なくなるだろう。

「分かりました……アッカルド将軍とラウル将軍には、ハリシャ様のお言葉をお伝えしておきます……恐《おそ》らく、快諾《かいだく》される事でしょう」

ラーヒズヤはハリシャの言葉に頷《うなず》いて見せた。

それは、戦象部隊が先鋒を務めるのは、戦術的には正しい選択《せんたく》だ。

少なくとも、過《あやま》ちとは言い切れない以上、ブルーノ達がハリシャの提案を拒否《きょひ》する可能性は低いだろう。

「それと、私はラウル将軍の本陣《ほんじん》に居ますので何かあれば伝令をよこしてください」

その言葉にハリシャは小さく頷く。

「えぇ……分かった……貴方は後方から私と私の象達が敵軍を蹴散《けち》らすさまを見物していればいいわ」

そう言うと、ハリシャはラーヒズヤに向かって冷たい笑《え》みを向けた。

「えぇ……期待しております」

そう言うと、ラーヒズヤは深く一礼する。

そして、ブルーノ達が居る本陣へ向かって歩き始めた。

その背中に浮かぶのは勝利への確信。

ラーヒズヤにとって、ハリシャの率いる戦象部隊に敵《かな》う存在など埒外《らちがい》だし、それはハリシャ自身にとっても同じなのだから。

しかし数時間後、ハリシャとラーヒズヤは、自らの決断を心の底から悔やむ羽目になる。

それは、この戦場で戦う全ての人間達にとって地獄《じごく》の様な光景だった。

天空の一角を覆う分厚い黒雲。

その中で煌《きら》めくのは、神の怒りにも似た白き閃光《せんこう》だ。

そして次の瞬間《しゅんかん》、その白き閃光は神の鉄槌《てっつい》が如く大地へと叩きつけられる。

天空より振り下ろされるのは、神々の王にして光と法を司《つかさど》る絶対神の力と権威《けんい》の象徴《しょうちょう》である雷霆《らいてい》と轟音《ごうおん》。

それだけでも、化学を知らない大地世界の人間にとっては十二分に度肝《どぎも》を抜かれた事だろう。

何しろ、この大地世界に生きる大半の人間達にとって、雷《かみなり》は単なる自然現象ではない。

この世界の住民にとって雷とは、天空を支配している光神にして法神であるメネオースの怒りであり神威《しんい》そのもの。

そして、その神の怒りが自分達の身に降り注がれるとなれば、平静を保つのは難しくて当然だと言える。

我が身に神の加護を受けていると感じれば兵士達の士気は上がり死地にも勇んで飛び込むだろうし、逆に神の罰《ばつ》を受けると思えば士気は下がり逃《に》げ出そうとするものなのだから。

だが、それでもまだ活路がない訳ではなかったのだ。

雷による攻撃《こうげき》だけであれば、兵士達の士気を取り戻す手段は有った。

兵士を指揮する様な指揮官階級《クラス》であれば、ある程度の教育は受けているので法術に対しての理解も深いのだ。

直ぐに文法術による攻撃なのだと気が付き、兵士達の動揺《どうよう》を抑えようとした筈《はず》だ。

しかし、その後に起こった大地から吹き上がる火柱と龍《りゅう》の咆哮《ほうこう》にも似た爆発音《ばくはつおん》が、そんな彼《かれ》等の努力と抗戦《こうせん》の意思を、文字通り跡形《あとかた》もなく吹き飛ばしてしまった。

その圧倒的なまでの威圧《いあつ》感は、その威容《いよう》を目にした人間の体を恐怖で縛《しば》るのだ。

とは言え、目の前の光景に恐怖を感じられる人間はまだ幸運と言えるだろう。

御子柴亮真が描《えが》き出した死地へと誘《さそ》われた大多数の兵士達は、恐怖を感じる暇《ひま》もなく、その生涯《しょうがい》を強制的に閉じる事となってしまったのだから。

一握《ひとにぎ》りの生存者と大多数の死者。

両者を分かつのは運命としか言い様がないだろう。

或《ある》いは、運不運と言ってもいいかもしれない。

そして今、そのハリシャの下にも運命の女神《めがみ》が舞《ま》い降《お》りようとしている。

彼女の生死を決める為に。

足元の地面が罅割《ひびわ》れ天に向かって爆発《ばくはつ》した瞬間、爆風《ばくふう》に晒されたハリシャの体は空に投げ出されていた。

その衝撃《しょうげき》で、ハリシャの頭部と口元を覆《おお》っていたターバンが解《ほぐ》れ、隠《かく》されていた黒髪と二本の角が露《あらわ》になる。

普通《ふつう》に考えれば、冥府《めいふ》に旅立った大多数の兵士達と同じく、ハリシャの体は炎《ほのお》に晒されて焼け焦《こ》げとなるか、爆風で内臓を損傷するかの何方《どちら》かだっただろう。

何《いず》れにせよ、死という結末を避《さ》ける事は難しかったに違《ちが》いない。

しかし、突撃《とつげき》部隊の比《ひ》較的《かくてき》後方で全体の指揮を執《と》っていたハリシャは、爆心地《ばくしんち》の中心から外れた位置に居たのと、彼女が跨《また》がっていた最愛の巨獣が盾《たて》になってくれたという幸運に恵《めぐ》まれ、その魂は未だ現世に留《とど》まる事を許されていた。

とは言え、それは確定した結末をほんの少し先送りしただけとも言えるのだ。

運命の女神がハリシャを依怙贔屓《えこひいき》しない限り、その行き着く先は死。

違いは、速いか遅《おそ》いかの差だけ。

もし、そんな確定した結果から逃《のが》れようと思うならば、女神の微笑《びしょう》ではなく、大輪の花が咲《さ》き誇《ほこ》る様な満面の笑みが必要となるだろう。

だが、そんな特別な加護をその身に受けられると考える程、ハリシャも自らを特別視はしていなかった。

（あぁ……私は……死ぬの……ね）

不思議な事に、ハリシャは死への恐怖を感じてはいなかった。

それ以上の激しい感情が女の心を占《し》めていたからだ。

それは誇り高き鬼人族の一角である夜叉《やしゃ》の誇りを捨て去り、この戦に参戦すると決めた部族の長老達への不満と憤《いきどお》り。

そして、そんな愚行《ぐこう》を止める事の出来なかった事に対しての後悔《こうかい》だろうか。

（やはり……全部間違いだったのよ……こんな石の都の民達の戦に、我が部族が参戦した事自体が……）

しかし、ハリシャの中にそんな恨《うら》み言とは正反対の想《おも》いが宿っているのも事実だった。

ハリシャの脳裏には数時間前に繰り広げた天幕での舌戦が走馬灯の様に浮かんでは消えてい

く。

（私が悪かったのかしら？　私がラーヒズヤ達にもっと歩み寄っていれば……或いは……）

もしかしたら有り得たかもしれない無数の可能性が、ハリシャの脳裏に浮かんでは消えていく。

しかし、それは仮定の話でしかないのだ。

所詮、変えようのない過去への後悔の嘆《なげ》きでしかないのだから。

だが、死という現実を目の前にして、ハリシャの中で数時間前とは何かが変わったのもまた事実なのだろう。

薄《うす》れゆく意識の中、ハリシャの視界が悔恨《かいこん》の涙《なみだ》で滲《にじ》んでいく。

そして、遂にハリシャの意識は深い闇《やみ》の中へと消えていった。

しかし、ハリシャ率いる戦象部隊が御子柴亮真の策によって壊滅《かいめつ》しても、ルブア平原の戦が終結した訳ではない。

いや、どちらかと言えばこれからが本番とすら言えるだろう。

目の前に広がる惨劇《さんげき》を前に、タルージャ王国が誇る猛将《もうしょう》、ラウル・ジョルダーノは此処《ここ》が戦場である事を忘れ馬上で呆然《ぼうぜん》としていた。

（何が起きたのだ？）

その疑問がラウルの脳裏にこびりついて離《はな》れようとはしない。

実際、それも無理からぬ事ではあるだろう。

主力として期待していた戦象部隊が、一瞬《いっしゅん》で壊滅してしまったのだから。

（あれでは、どう見ても先陣は壊滅……生き残りなど皆無《かいむ》だ……）

今回、化外の民であるハリシャの進言により、連合軍は鋒矢《ほうし》の陣を選択していた。

それは、敵軍に対して矢じりの様な形に兵を並べて突撃する陣形《じんけい》であり、非常に強力な突破力を持つ攻撃的《こうげきてき》な陣形だ。

勿論《もちろん》、側面からの攻撃に弱いという弱点がある陣形なのは間違いないし、使いどころが難しい陣形であるのは確かだろう。

だが、その弱点を理解していても、ブルーノとラウルが鋒矢の陣を選んだのには、当然それだけの理由が存在している。

軍の先頭に強力な攻撃力《こうげきりょく》を持つ部隊を配置する事で、生半可な包囲網《ほういもう》など力で捻《ね》じ伏《ふ》せる事も出来るという攻撃力の高さを重視したのだ。

実際、ハリシャ率いる戦象部隊を先頭にして突撃させるという点に於いて、鋒矢の陣ほど有効な陣形は他に無いと言って良いだろう。

そして戦象部隊の後方には、ラウルが率いるタルージャ王国軍で編制された兵数三万の中軍と、ブルーノが率いるブリタニア王国軍で編制された兵数三万五千の後軍が続き、更にその後方を本国から派遣《はけん》されてきた増援《ぞうえん》である遊撃《ゆうげき》部隊と、ジェルムク攻略《こうりゃく》の鍵《かぎ》となる攻城《こうじょう》兵器を有する工兵部隊が後詰《ごづ》めとして待機しているのだ。

それは文字通り、機動性と敵の撃破《げきは》を重視した配置だと言える。

この部隊の並び方から見て、彼等がこの一戦でジェルムク攻防戦《こうぼうせん》から端《たん》を発したこの戦の勝敗を決するつもりだったのは、容易に見て取れるだろう。

彼等にしてみればまさに、乾坤一擲《けんこんいってき》にして必殺の戦術だと言える。

しかし、そんな必殺の戦術も御子柴亮真の奇策《きさく》によって、全てが一瞬のうちにひっくり返されてしまった。

幸いな事にラウルが率いる中軍の大部分が被害《ひがい》を受けずに済んだのは確かだろう。

御子柴亮真の狙《ねら》いが先鋒として突撃して来た戦象部隊の殲滅《せんめつ》だったからだ。

その為《ため》、マルフィスト姉妹《しまい》の放った雷帝爆轟鎚《ライトニングハンマー》の影響範囲《えいきょうはんい》からは外れていたし、その後に起こった大爆発《だいばくはつ》の影響も比較的軽微《ひかくてきけいび》な被害で済んだのだ。

ハリシャ率いる戦象部隊が恐るべき戦闘力《せんとうりょく》を保有する部隊だったのは間違いないが、兵数という観点で見れば大した規模ではない。

戦象部隊は、百頭程《ほど》の巨象《きょぞう》を中心に、その護衛として付き従う五千程の歩兵で構成されている。

決して小さい規模ではないが、全体で十万を超《こ》える連合軍全体から見れば、軽微《けいび》と言って差し支《つか》えないだろう。

実際、戦況《せんきょう》を左右するほどではない。

しかし、物理的な被害は避けられても、心理的な被害迄《ひがいまで》は避ける事が出来なかったらしい。

とは言え、それも無理からぬ事と言えるのだ。

大地世界の常識では、一部隊を一撃《いちげき》で壊滅させるほどの威力《いりょく》を誇る文法術など存在しないのだから。

少なくとも、つい数分前まで彼等は、そんな圧倒的な力が存在するなど夢想だにしていなかったに違いない。

しかし、その常識が目の前で打ち砕《くだ》かれた時に、兵士達の脳は目の前の現実を受け入れる事を拒否してしまった。

それは、戦場という生死を懸けた場に於いて致命的《ちめいてき》な愚行。

だが、呆然と立ち尽《つ》くす兵士達を叱《しか》る事は出来ないだろう。

何故《なぜ》なら、タルージャ王国の誇る猛将であり【烈火《れっか》】と呼ばれる程に苛烈《かれつ》な攻撃で武名を上げるラウル・ジョルダーノも例外ではなかったのだから。

誰《だれ》もがその場から動こうとはしなかった。

彼等の視線は、未だに天高く立ち昇《のぼ》るきのこ雲に注がれている。

中には、その場に蹲《うずくま》って頭を抱《かか》えた兵士もいる程。

それほどまでに、彼等が受けた衝撃は大きいのだろう。

それは、ある意味、動物の本能として避けられない反応だ。

だが、その数秒とも数十秒ともつかない時間が、ラウルが率いる中軍に致命的な隙《すき》を生じさせてしまう。

突然《とつぜん》、中軍の兵士達から悲鳴と怒号が上がる。

「ひぃぃぃぃぃ！　敵だ！　敵が来る！」

「大隊長、指示を！　大隊長！」

そんな声と共に、第二陣に混乱が生じる。

三千程の騎馬《きば》で形成された部隊が、砂塵《さじん》を巻き上げながらラウルが率いる中軍の右側面に突《つ》っ込んで来たのだ。

彼等の頭上に掲《かか》げられているのは、黒地に剣《けん》に巻き付いた金と銀の鱗《うろこ》を持つ双頭《そうとう》の蛇《へび》が縫《ぬ》い取られた御子柴大公家の紋章《もんしょう》。

そして、赤く縫い取られた双頭の蛇の眼光が、御子柴大公家に仇為《あだな》す愚《おろ》か者達《ものたち》を射竦《いすく》める。

彼等は黒塗《くろぬ》りの板金鎧《よろい》に身を固めた重騎兵《じゅうきへい》達だ。

その突撃力はまさに驚異《きょうい》の一言だろう。

この大地世界において、彼等は文字通り戦車に等しい存在。

しかも、彼等の鎧は黒エルフ達が施《ほどこ》した付与《ふよ》法術によって性能が強化された特注品。

並みの兵士では相手にならない程の力を持っている。

とは言え、本来であればさほど大きな脅威《きょうい》とは言えない兵数だと言えた。

何しろ、ラウル率いる中軍は兵数三万を誇るのだ。

突撃して来た騎馬隊《きばたい》との戦力比は十対一。

如何に相手が重騎兵とは言え、中軍が万全《ばんぜん》の態勢で迎《むか》え撃《う》てるのであれば、直ぐに追い払《はら》う事の出来る程度の兵力でしかないだろう。

とは言え、戦の勝敗というものは、単純にどちらの兵士の数が多いかだけでは決まらない。

何よりも大切なのは戦う意志。

しかし、先ほど目の前で起きた爆発の衝撃で心が折れかけている連合軍の将兵に、戦意を奮い立たせて敵と戦える筈もないのだ。

勿論、将兵の中には、冷静に防衛態勢を整えようとする者が居たのは確かだろう。

だが、冷静さを取り戻せず、その場から逃げ出そうとする将兵も少なくない。

問題なのは両者が入り乱れて収拾《しゅうしゅう》が直ぐにはつかないという点と、そんな彼等をまとめ上げる事の出来る人間が居ない事だろう。

「駄目《だめ》だ……勝てる訳がねぇ……」

「悪魔《あくま》だ！　あいつらは悪魔だ！」

ただでさえ、重騎兵を歩兵が迎え撃つのは心理的に厳しいのだ。

イメージとしては、大型バイクの前に立ちふさがる様な物だろうか。

だが、中には使命感や忠義からその場に止まろうという猛者《もさ》も居る。

「槍《やり》を構えろ！　此処で防ぐんだ」

「逃げるな！　此処で逃げれば、ジョルダーノ様の身に危険が及《およ》ぶのだ！」

彼等は、なけなしの勇気を振り絞《しぼ》り、隊列を組んで槍を構える。

しかし、その末路は悲惨《ひさん》だ。

突撃して来た重騎兵を率いている将は、武人としてもかなりの手練《てだ》れなのだろう。
彼が握る槍の穂先《ほさき》が煌《きら》めくたびに、血煙《ちけむり》が舞い悲鳴が響《ひび》き渡《わた》る。
その圧倒的な暴力が、一度は奮い立たせた連合軍の将兵達の心を粉微塵《こなみじん》に打ち砕く。
それはまさに牡牛《おうし》の群れの如き集団。
彼等は脇目《わきめ》も振らず、ただ前へ前へと突き進《すす》み、中軍の兵士達を薙《な》ぎ倒す。
「不味《まず》い！　こいつら、ラウル様を狙って……」
「守れ。何としても足止めしろ！」
軍を指揮する意識すらも消し飛び馬上で呆然としていたラウル。
だが、そんな副官の叫《さけ》び声を聞いた瞬間、ラウルの心に再び戦意の火が灯《とも》される。
(俺《おれ》は何をしているんだ。ここは戦場だぞ！　しっかりしろ！)
そんな思いが、ラウルの胸中を過った。
しかし、そんな自己の行動に反省している暇はラウルにはないらしい。
「歩兵部隊は、槍を構えろ！　なんとしてもあの騎馬隊を止めるのだ！」
それは、適切な命令だった。
だが、些か遅きに失した命令だったらしい。
そして何より、その命令は中軍の将兵達全体に意識の空白を生じさせてしまう。
右側から襲《おそ》い掛《か》かる敵に対処するべきなのだと。
それは極《きわ》めて自然な反応だ。

だから、彼等は無意識にこう考えてしまった。

左側面から敵が襲ってくる事はないと。

そんな保証など何処にもないのに。

そして、御子柴大公家の騎馬隊を率いる将は、そんなラウルの心理の裏を見事に突いた。

新たに現れた騎馬の一団が、疾風《しっぷう》の如き速度を保ったまま、陣列の左側面に向かって突撃して来たのだ。

「急報！　敵が我が軍の左側面より急襲《きゅうしゅう》！」

伝令の叫びが中軍の本陣に響き渡る。

「馬鹿な！　左側面だと⁉」

「斥候《せっこう》は何を見ていた！」

その騎馬隊も、周囲の兵士達を容易《たやす》く蹴散らしながら、中軍を食い破っていく。

「進め！　敵はオルグレン子爵《ししゃく》の突撃を喰《く》らい陣形が乱れている！　これぞ好機だ！」

そう叫ぶと、クリス・モーガンは高らかに槍を掲げて敵陣《てきじん》を目指して突き進む。

そのクリスの背後に付き従う騎馬達《きばたち》もまた、先ほどの重騎兵に勝るとも劣らぬ精鋭揃《せいえいぞろ》い。

彼等の頭上には、御子柴大公家を示す剣に巻き付いた双頭の蛇の旗が翻《ひるがえ》り、装備も同じ黒塗りの板金鎧で統一されている。

両者は外見的にはうり二つの様に見えた。

だが、両者には決定的なまでの違いが存在しているのだ。

一つ目の違いは馬の速度だ。

勿論、最初に突入《とつにゅう》して来た重騎兵達も、決して速度が遅かった訳ではない。

いや、むしろ速いと言った方が正しいだろうか。

何しろ、分厚い板金鎧を身に付けている重騎兵でありながら、速度としては軽騎兵に匹敵する程なのだ。

しかし、中軍の左側面に今突入して来た騎兵の脚《あし》は更に速い。

それはまさに疾風迅雷《しっぷうじんらい》と言って良いだろう。

そんな常識外れとも言える速度を実現出来た理由は勿論、彼等が身に付けている鎧に付与された術式の違いだ。

黒エルフ族の付与法術師《ほうじゅつし》が施した加速と軽減という二つの術式が、重騎兵に軽騎兵を超える速度を与《あた》えたのだ。

そして、両者に存在する決定的なもう一つの違い。

それはすなわち、戦術的な目的の違いだろう。

簡単に言えば役割の差だ。

(大したものだ……まさか本当にこれ程の速度を出せるとは……だが、これなら……行ける！)

そんな事を考えながら、クリスは敵陣を切り裂いていく。

この戦におけるクリスに与えられた役割。

それは敵陣奥深くまで切り込み、連合軍の副将であるラウル・ジョルダーノを討《う》ち取る事なのだから。

「こいつ等、一気に本陣を突く気だ！」

「馬鹿な！　まさか本気か！」

「隊列を組みなおせ！」

「駄目だ！　間に合わない！」

各所で怒号と悲鳴が湧《わ》き上がる。

そんな中、その騎馬隊は無人の野を駆《か》けるが如く突撃してくる。

雑兵には目もくれず、彼等はただ前だけを見て馬を走らせるのだ。

仲間が運悪く敵の槍に突かれて落馬しても、彼等は助けようとすらしない。

その鬼気《きき》迫《せま》る騎馬隊の戦意の高さに、中軍の兵士達は自分達が相手にしている敵が何を狙っているのかを本能的に悟《さと》った。

ラウルとクリスが率いる重騎兵との間の距離《きょり》が見る見るうちに縮まっていく。

まさにそれは、無人の野を駆けるが如き速さだ。

そして、遂《つい》に騎馬隊の先頭を駆けるクリスの槍がラウルに向かって襲い掛かる。

「ラウル様、敵軍が左側面からも襲い掛かってきています！　どうか、ご指示を！」

（しまった！　呼吸が間に合わない）

基本的に、武法術に因《よ》る身体強化は詠唱《えいしょう》を必要としない。

それこそが、詠唱を必要とする文法術よりも有利とされている理由の一つだ。

ただ、発動時に詠唱を必要としないのは事実だが、術者が何時《いつ》でも自らの意思で瞬時に発動出来るという訳ではない。

武法術には詠唱は必要ではないが、特定の呼吸法を行う必要があるのだ。

勿論、特殊《とくしゅ》な呼吸法を行うとはいっても、仙道《せんどう》やヨーガの様に結跏趺坐《けっかふざ》をして運気調息を行う必要はない。

武法術を発動するには、身体に生気を巡《めぐ》らせチャクラを回す必要があるが、それに必要な時間は五秒から十秒程度だろう。

ただ、その時間は術者の力量によって増減する。

それこそ、武法術を極めた手練れなら、ほんの一回の呼吸で、十分に生気を体に循環《じゅんかん》させ、チャクラを回す事が可能。

そして、ラウル・ジョルダーノはそんな武法術を極めた手練れの一人だ。

だが、その呼吸は意識を集中して行う必要がある。

そして、今のラウルの状況《じょうきょう》では、その意識を集中しての一呼吸が難しい。

(駄目だ……武法術で強化していなければ、この一撃は防げない……)

それは、数多《あまた》の戦場を生き抜《ぬ》いて来た歴戦の勇士であるラウル・ジョルダーノにして、過去に数える程度しか出会う事の無かった神槍の一撃。

その突きは重く無駄《むだ》が極限までに削《そ》ぎ落されている。

互《たが》いに向かい合った万全の状態であったとしても、確実に防げるかどうか分からないほどの鋭《するど》さが秘《ひ》められた一撃だ。

ましてや、今のラウルは先の爆発の衝撃から、漸《ようや》く精神的に立ち直った直後。

武法術の身体強化も出来ておらず、戦意も十分とは言えないだろう。

そんなラウルに、この槍は躱《かわ》す事も防ぐ事も出来なかった。

しかし、ラウルには戦の神の加護があったらしい。

「ラウル様！　危ない！」

傍《そば》にいた護衛の一人が、ラウルと槍の間に割って入る。

馬と馬がぶつかり、ラウルの体が大地へと投げ出された。

それは本来であれば、処刑《しょけい》されても文句の言えない危険な行為《こうい》。

落馬すれば、最悪死ぬこともあるのだ。

だがそれは、護衛としては極めて当然な行動。

確定した死を避ける為ならば、落馬も許容範囲《はんい》なのだろう。

そして、その覚悟《かくご》と機転がラウルの命を救った。

だが、その代償《だいしょう》は護衛自身の命だ。

「邪魔《じゃま》だ！」

そんな無情とも言える呟《つぶや》きと共に、突き出された槍が兵士の腹部を貫《つらぬ》く。

そして、衝撃で馬の背から叩《たた》き落された兵士の頭部目掛《めが》けて、クリスの槍がトドメとばかりに容赦《ようしゃ》なく振り下ろされた。

金属と金属が討《う》ち合わさった音の中に西瓜《すいか》が砕かれた様な音が混じる。

そして、勇敢《ゆうかん》な護衛の体は大地へと崩《くず》れ落ちた。

その時、クリスの背後に追従して来た重騎兵達が、続々と中軍の本陣へ雪崩《なだ》れ込《こ》んで来た。

「クリス様の援護《えんご》をしろ！」

「敵兵を近づけるな！」

彼等はラウルの周囲に残った兵士達を次々と殺戮《さつりく》していく。

どうやら、ラウルを守っていた戦の神の加護も品切れとなったのだろう。

その瞬間、形勢は決した。

「タルージャ王国が誇る【烈火】殿《どの》とお見受けする」

その問いに、ラウルは静かに頷いて見せた。

その顔には、人生の最後を悟った人間の覚悟が浮《う》かんでいる。

「あぁ……それでは、貴殿《きでん》の名をお教えいただきましょうか。この私の首を取りにここまでやって来た男の名を是非《ぜひ》聞いておきたいのでね」

「御子柴大公家家臣……クリス・モーガンと申します」

その答えに、ラウルは軽く首を傾げた。

その顔に浮かぶのは疑問の色。

恐らく、クリスの名前に聞き覚えが無かったからだろう。

だが、ラウルの顔から直ぐに疑問の色は消えた。

有名でも無名でも意味は無い。

武名が高いのは良い事だが、それはあくまでも過去の実績であり、未来の結果を保証するものではないのだ。

大事なのは、クリス・モーガンという男が、【烈火】と呼ばれ諸国に名を馳《は》せるラウル・ジヨルダーノを討ち取るだけの力を持っているという一点にのみ尽きるのだから。

「そうですか。若き武人の中にも、貴方《あなた》の様な手練れが居るのですね……先ほどの槍はまさにお見事としか言えない一撃でした。私も槍術《そうじゅつ》には些か自信がありましたので、出来れば一騎討《いっきう》ちで手合わせを願いたかったところですが……まぁ、それは未練ですかね？」

そう言うとラウルは軽く周囲を見回し嘆息《たんそく》する。

何しろ、周囲は御子柴大公軍の兵士達で既《すで》に制圧されているのだ。

陣《じん》の周りにはまだ連合軍の兵士達が抗戦の構えを見せてはいるが、彼等が救援《きゅうえん》に駆けつけるまでラウルが生き残る可能性は皆無だと言えるだろう。

そんな状況で、クリスがラウルとの一騎討ちを受け入れる必要はない。

それは、確定した勝利を捨てる愚行でしかないだろう。

正々堂々と戦うなど幻想《げんそう》でしかないのだ。

弱みを見せた敵から確実に殺す。

それが、戦場に於いて絶対的な真理にして掟《おきて》だ。

勿論、武人の誇りを理由にして掟を破る事は出来る。

だが、それには重い代償を支払《しはら》う覚悟が必要となるだろう。

それも、本人だけではなく、主家や同僚《どうりよう》、自分の家族にまでその代償の支払いを強《し》いる。

ましてや、このルブア平原の戦は、御子柴大公家の存続にも関わってくるのだ。

幾《いく》らクリスが武人として誇りを重んじていようが、それに固執《こしつ》する事など出来はしない。

それが分かっているからこそ、ラウルは自分の言葉が未練だと告げたのだ。

だが、そんなラウルに対してクリスは予想外の反応を見せる。

「いいえ……私からも是非お願いしたい。【烈火】と呼ばれるラウル殿との槍合わせは武人としての本懐《ほんかい》ですから」

そんなクリスの言葉にラウルは目を見開き驚《おどろ》きを露にする。

まさか、クリスが一騎打ちを受けるとは思いもしなかったのだろう。

だが、直ぐにその顔には冷徹《れいてつ》な武人の鋭さが宿った。

武人としての本能が、ラウルの心に火をつけたのだ。

「そうですか……では、お言葉に甘えるとしましょう」

その言葉に深く頷くとクリスは素早《すばや》く馬から飛び降りる。

そして、クリスは腰《こし》の辺りで槍を水平に構えた。

その穂先はラウルの鳩尾《みぞおち》へピタリと向けられている。

それはまさに、極限まで鍛《きた》え抜かれた一本の槍だ。

クリス・モーガンという人間と、彼が手にした槍が完全に一体となっている証。

そんなクリスに対して、ラウルは深くため息をつく。

「見事な構えですね……成程《なるほど》……先ほど見せて頂いた突きも恐るべきものでしたが、まさかこれほどとは……貴方が一騎討ちを受け入れた理由が分かりましたよ」

それは別段、負け惜《お》しみでもなければ嫌味《いやみ》でもない。

ラウル程の手練れとなれば、相手の構えからその力量を推《お》し量《はか》る事は容易なのだ。

そして、ラウルは自らの確定した未来を悟りながらも静かに愛用の槍を構えた。

「では……」

「ええ……」

クリスとラウルは互いに小さく頷き合った。

それが開始の合図だったのだろう。

二人が動き出したのはほぼ同時だった。

少なくとも、勝敗の行方《ゆくえ》を固唾《かたず》を呑《の》んで見守る御子柴大公軍の騎兵達の目には、同時としか見えなかったのは事実だろう。

それはまさに、槍術を極限まで磨《みが》き抜いた武人同士の戦い。

だが、そんな手練れであっても優劣《ゆうれつ》は付く。

何時の間《ま》にか、クリスの放った槍の神速の一撃がラウル・ジョルダーノの喉《のど》を貫いていた。

その瞬間を目撃《もくげき》した人間は誰も居ない。

だが、結果は変わらないのだ。

ラウルの体から力が抜け、大地へと崩れ落ちる。
その光景を騎兵達の脳が現実と認識《にんしき》した瞬間、周囲から雷鳴《らいめい》の如き喚声《かんせい》が沸き上がる。
それは、ルブア平原の戦が遂に最終局面へと突入した事の証明だった。

第二章　疑心という名の毒

「御屋形様《おやかたさま》！　オルグレン子爵率いる重騎兵が当初の作戦通り先制攻撃を仕掛《しか》けました。続いてモーガン卿《きょう》が敵本陣へ突撃し、敵将ラウル・ジョルダーノを討ち取ったそうです！」

ウェザリアの囁《ささや》きを介《かい》して情報を確認《かくにん》した伊賀崎衆《いがさきしゅう》の忍《しの》びからの報告を聞き、亮真《りょうま》の顔に笑みが浮かぶ。

それは、兵数で劣《おと》る御子柴《みこしば》大公軍にとって何よりの朗報。

敵の中軍を率いるラウルを討ち取ったとなれば、先ほどの爆発で大きく低下した敵兵の戦意をさらに削《けず》る事が出来るのだから。

「そうか、クリスが、敵の副将を討ち取ったか！　オルグレン子爵も流石《さすが》だ。陽動の任務を忠実にこなしてくれたようだな」

そう呟きながら、亮真は満足げに頷く。

それは、亮真が立案した一連の戦術が成功しつつある事の証なのだから。

「それで、他の連中にも今の情報は伝わっているな」

「は！　既に、エクレシア様にはウェザリアの囁きを通じて連携《れんけい》されております！」

「よし！　それならば、クリスがラウル・ジョルダーノを討ち取った事を派手に触《ふ》れ回って連合軍の兵士達を揺《ゆ》さぶるぞ！」

亮真の言葉に忍びは小さく頷いて見せると、ウェザリアの囁きを再び起動して後方の安全地帯で待機中の中継《ちゆうけい》係へ命令を伝える。

そんな忍びの姿に、亮真は大きく頷いて見せる。

（戦況に応じて命令を細かく伝えられるのはやはり有利だな……）

通常であれば、馬に乗った伝令が走り回って各部隊へ命令を届けるより方法がないのだ。

それはこの大地世界《アース》の戦ではあたりまえの光景だろう。

しかし、伝令が戦場を駆け回って直接指揮官の命令を伝えるというのはかなり危険だ。

伝令役が敵に襲われれば、最悪命令が味方部隊に届かない可能性も出てくるのだから。

だからこそ、伝令役は屈強《くつきよう》で腕《うで》の立つ手練れの騎士《きし》や戦士で構成されている上、命令を伝える場合も複数の伝令を同時に派遣する場合が多い。

だが、ウェザリアの囁きの様な通信機器を使えば、そういう煩《わずら》わしさは消えてなくなる。

そういう意味では、亮真の要望を聞きながらウェザリアの囁きを実際に制作したネルシオスや黒エルフ族の付与法術師《ほうじゆつし》達が絶賛するのも当然と言えるだろう。

（ただ、改良の余地もある。やはり事前に組み合わせたウェザリアの囁きとしか通信が出来ないのは不便だ……まぁ、今は中継基地を経由して情報のやりとりをしているが、何《いず》れは機能として改良しないとな）

確かにウェザリアの囁きは、大地世界の常識からすれば驚異的《きようい てき》な通信機器だ。

しかし、現代社会での利便性にどっぷりと浸《ひた》って来た亮真からすれば、煩わしい手間が多すぎるのも事実だろう。

特に、二個一セットで事前に設定した機器同士でしか通信が出来ないというのは、情報が他に漏《も》れないという利点がある反面、今回の様な戦場で用いるには情報を中継する工夫《くふう》が必要になってくるからだ。

とは言え、それは何れ対応した方が良いだろうという改善レベルの課題でしかない。

それよりも今は、目の前の戦に勝つ為の手段を模索《もさく》する事に専念するべきなのだから。

「それで……ローラ達は何時頃《ごろ》こちらに到着《とうちゃく》出来そうだ？」

「お二人は既にジェルムクから出ております。ただ、爆心地を迂回《うかい》する必要もあり、合流には時間が掛かるとの事です」

忍びが確認した結果を亮真へと伝えた。

その報告に、亮真は軽く考《かんが》え込む。

（迂回は当然だな……火竜《かりゅう》の息吹《いぶき》の所為《せい》でかなり深いクレーターが出来ている筈だからな）

測量をしていないので穴の広さや深さは分からないが、あれだけの爆発なのだ。

少なくとも、爆心地をそのまま横切るというのは無謀《むぼう》だろう。

（問題は敵の残存兵力が、どの程度かだ……）

元々、ルブア平原に存在する連合軍の兵力は十万を超えている。

先陣を務めていた戦象部隊の五千は殲滅《せんめつ》されており、ラウル率いる中軍にはかなりの打撃《だげき》を与えている筈だが、未《いま》だに連合軍には総指揮官ブルーノが率いる後軍と、後方に待機中の本国からの増援部隊が控《ひか》えているのだ。

後方で待機している本国からの増援部隊を抜いても、ブルーノが率いる無傷の後軍と、中軍の残存兵を合計すれば、未だに五万強は敵兵力が残っている計算になるだろう。

(勿論、大雑把《おおざっぱ》な数字だが、それほど大きく外れてはいない筈だ)

そう考えると、四万程しかいない御子柴大公軍にとってローラ達の合流はかなり大きな意味を持つ。

(ローラ達には護衛も兼《か》ねて五千の兵を与えているからな……あの二人の軍と合流するかしないかで戦況はかなり変わってくる)

兵力差を考えると、マルフィスト姉妹《しまい》に護衛として預けた五千の兵力を後方に配置したままというのは些《いささ》かもったいない気がする。

そういう意味からすれば、マルフィスト姉妹達が合流するのを待って攻《せ》め掛かる方が良いだろう。

しかし、時間を掛ければ、折角《せっかく》低下させた敵兵士の士気が回復しないとも限らない。

勿論、そう簡単に兵士の士気など回復しない事は亮真も分かっってはいる。

(現実は、鼓舞《こぶ》コマンドを実行すれば、兵士の士気パロメータが回復する様なシミュレーションゲームとは違うからな)

ただ、現実は往々にして想像を超えてくる。

そう考えると、今直《す》ぐに敵軍に攻め掛かる方が良い気もするのだ。

（本来なら合流を待ってから総攻撃《そうこうげき》と行きたいところだ……だが、やはり時間が掛かりすぎるか……二人が傍で補佐してくれれば俺も楽だったんだが……）

本来であれば、側近中の側近であるマルフィスト姉妹が、今回の様な大戦で亮真の傍から離れる事はまずない。

護衛としても部隊指揮官としてもすぐれた力量を持つマルフィスト姉妹を手元に置いておけば、様々な場面で切り札となるからだ。

ただ、今度ばかりは、その切り札を御子柴亮真は傍に置いておく事が出来なかった。

（誰か他の人間に任せるべきだったか？）

そんな考えが脳裏《のうり》を過る。

しかし、亮真は直ぐにその考えを自ら否定した。

（いや、それはやはり無理な話だ。今回の策は、完璧《かんぺき》なタイミングで連携法術を発動する事を求めたからな……それが出来る文法術師となると、あの二人以外に適任者は居ない）

それもこれも、全ては圧倒的《あっとうてき》な戦闘力を持つ戦象部隊の排除《はいじょ》を優先したが故の事だ。

何しろあの巨体《きょたい》だ。

（普通の軍勢があの戦象部隊に対抗《たいこう》するのはまず無理だろう……文字通り、鎧袖一触《がいしゅういっしょく》とばかりに踏《ふ》み潰《つぶ》されて終わりだ）

いや、そもそもとしてあの巨体から放たれる威圧感に圧倒《あっとう》されて戦うどころではない。

余程《よほど》の精兵でもない限り、戦うどころか武器を捨てて逃げ出してしまうのが関の山。最悪の場合、逃げ出す事も出来ずにその場から動けなくなってしまい、踏み潰されてお陀仏《だぶつ》という事にもなりかねないだろう。

ただし、それはあくまでも御子柴亮真が育て上げた御子柴大公軍以外の兵士の場合だ。

(まぁ、付与法術が施された鎧で固めたうちの重装歩兵達《たち》なら、正攻法《せいこうほう》でもそれなりに持ち堪《こた》えてみせただろうが……な)

そう胸を張って言える程度には、御子柴大公家の兵士達の育成に金と時間を注《そそ》ぎ込んでいるのだから。

ウォルテニア半島に生息する怪物《かいぶつ》の中には、あの戦象部隊を構成していた象よりも大きい化け物も存在しているのだ。

そういった巨獣種《きょじゅう》と呼ばれる怪物達との戦闘《せんとう》経験を持つ御子柴大公軍であれば、あの戦象部隊と戦ったとしても全く勝負にならないという事はないだろう。

少なくとも、その場から逃げ出してしまう様な事は無いと言い切れる。

(とは言え、それは相手が軍として機能していない単なる獣《けもの》であればの話。百頭近くの象が御《ぎょ》者《しゃ》の指示に従って襲ってくるとなると大分話は変わってくるだろうな)

本能のままに暴れる怪物と、人の意思によって操《あやつ》られた獣の集団。

どちらがより危険度が高いかなど言うまでもないだろう。

(それに今回は色々と考えるべき問題が多い……ただ単純に戦象達を始末出来れば良いという

訳じゃないからな）

　重要なのは勝ち方。

　何の策もなく真正面からぶつかれば、最終的に勝てたとしても御子柴大公軍に大きな被害が出る事になった可能性が高い。

　勿論、通常の戦術でも戦象部隊を排除出来なかった訳ではないし、被害を減らす戦術も亮真は幾つか思いついているが、被害を軽減出来たとしても皆無にする事は難しいのだ。

（そして、その被害の発生は、戦象部隊を排除した後の戦況に大きな影《かげ》を落とす）

　問題なのは、戦象部隊は連合軍にとって切り札であると当時に、捨て札でもあるという点だろう。

（エクレシアさんから聞いた情報を整理すると、どうも化外の民ってのは、大陸南部で随分《ずいぶん》と恐《おそ》れられている反面、かなり忌《い》み嫌《きら》われてもいるって話だからな）

　実状は分からないが、かなり激しい差別を受けていると考えてよいだろう。

　そんな化外の民が何故《なぜ》、今回連合軍に与《くみ》して参戦する事を決めたのか、その理由は現時点では不明だ。

　ただ、一度根付いた差別や嫌悪《けんお》の意識はそう簡単に拭《ぬぐ》えない事を亮真は十分に理解している。

（表面上はどうであれ、連合軍を率いる将が、化外の民を本気で友軍として認識しているとは思えない……）

　それは、戦象部隊の後に続く後続部隊との間隔《かんかく》の空き具合からも読み取れる。

何しろ敵の総兵力は十万を超えるのだ。

確かに戦象部隊の突破力《とっぱ》を最大限に活用する上で、鋒矢の陣は確かに最適解ではあるだろう。

しかし、後方に数万の軍勢を後詰《ごづめ》として待機させておく必要性はない。

亮真がもし敵軍の将であったなら、不測の事態に備える為に、もっと前線に近い位置に待機させるだろう。

だが、連合軍の総大将であるブルーノ・アッカルドはそれを選ばなかった。

(しかも、前軍である戦象部隊と中軍との間をかなり広く空けている……だが、あれ程空けていては仮に前軍がこちらの前衛を突破したとしても、効率よく追撃《ついげき》が出来ない筈《はず》だ)

それは、亮真が仕掛けた火竜の息吹に因る爆発《ばくはつ》の影響範囲から中軍が外れている所から見ても明らかだろう。

そこから導き出される答えは一つ。

ブルーノは、連合軍の兵力を出来る限り温存したかったのだ。

(連中が一番望んでいるのは、俺と化外の民の共倒《ともだお》れだろうな)

まさに、敵を以《もっ》て敵を討つ以夷制夷《いいせいい》を狙ったという訳だ。

そんなブルーノの狙いを完璧な形で阻《はば》んで見せたのは、亮真にとっても大きな戦果だろう。

(ある意味、一《いち》か八《ばち》かの賭《か》けだったたがね)

勿論、亮真には自分の策が成功するという確証があった。

そう言いきれるだけの準備を事前にしてきたのだから。

だがその一方で、どれ程策を巡らし、万全の準備をしていたとしても、最後に勝敗を分けるのが運だという事も亮真は理解している。

実際、その評価は正しいだろう。

(これは今回の戦に勝つ為に様々な可能性を考えた上で準備してきた。だが、戦況が俺の思い通りに進むかどうかは別の話だからな)

敵の突撃《とつげき》を横陣で一度受けた御子柴大公軍は、敵戦象部隊の突撃をいなす様に陣形をVの字型の鶴翼《かくよく》の陣に移行し、逆三角形の頂点の部分を意図的に開ける事で火竜の息吹を地中に埋没《まいぼつ》させた必殺の地点へと誘導《ゆうどう》したが、それは一つボタンが掛け違《ちが》っていたら、前線を戦象部隊に食い破られる様な危険な賭けだ。

その後、マルフィスト姉妹の連携法術に因って火竜の息吹を誘爆《ゆうばく》させ、一気に戦象部隊を壊滅させた訳だが、それだってタイミングがズレたら、戦象部隊を壊滅させる事は不可能だっただろう。

(だからこそ、今回の策を成功させる上で要となるローラ達には、どうしても見晴らしの良いところからタイミングを見計らって連携法術を発動して貰《もら》う必要があった)

その目的を達成出来る場所を選定した結果、最終的に決定した場所が城塞《じょうさい》都市ジェルムクの城壁《じょうへき》の上だったのだ。

だが、その代償は大きい。

結果として、御子柴大公軍は部隊指揮の執《と》れる将を二人も拘束《こうそく》される事となってしまったのだから。

とは言え、今更愚痴《いまさらぐち》を言っても始まらない。

（それに、こいつは事前に想定していた展開でもあるからな。下手な色気を出して作戦を変更《へんこう》するよりも、此処《ここ》はやはり二人は遊撃部隊として働いて貰うべきだろう）

亮真に出来るのは、今有る手札で勝利を掴《つか》む事だけ。

今のところ、戦況は亮真が描《えが》いた通りに進んでいる。

その流れを、態々《わざわざ》自分から壊《こわ》す必要はないだろう。

「そうか……なら、こちらは先にエクレシアさんと連携して中軍を仕留めるとしよう。その後、ローラ達の合流を待たずに敵の後軍を撃滅《げきめつ》するぞ！」

そう言うと、亮真はエクレシアとの合流地点へと軍を進める。

それはＶの字の結合部辺りだ。

そこでエクレシアと合流し、中軍の中央部に食《く》い込んだクリス達のところまで敵兵を押《お》し上げるつもりなのだろう。

（戦象部隊が壊滅《かいめつ》し、ラウル・ジョルダーノがクリスの手で討たれた今、敵の兵士達に戦意など欠片《かけら》も残されてはいないだろう。後は中軍を殲滅し、その勢いを持って後軍に陣取《じんど》るブルーノ・アッカルドの本陣《ほんじん》を狙えばいい……それで詰《つ》み……だ）

馬を駆る亮真の顔に冷たい笑《え》みが浮かぶ。

それは勝利の臭《にお》いを嗅《か》ぎつけた捕食者《ほしょくしゃ》の笑み。

戦に勝利する上で、敵軍の将を討ち取るというのは非常に大きな優位性《アドバンテージ》なのだ。

勿論《もちろん》、そんな事は誰もが理解している常識だろう。

それこそ、兵法を学んだ事のない平民でも、容易に考え付く事が出来る程度の発想。

だが、だからこそそれを現実に実行するのはかなり難しい。

戦場に於《お》いて一軍の将を討ち取る機会など、中々巡ってこないのだ。

将を討ち取られれば、自軍の兵士達の士気が下がり、戦況が不利になると誰もが理解しているので、それ相応の備えをしているのが当然だからだ。

(戦というのは結局、心の取り合いだからな)

勿論、優《すぐ》れた性能の武具や堅牢《けんろう》な城塞に意味が無いという訳ではない。

ただ、優れた性能の武具や堅牢な城塞だけがあっても戦には勝てないという事だ。

そういう意味からすれば、戦象部隊を態々《わざわざ》秘匿《ひとく》していた火竜の息吹を用いてまで吹《ふ》き飛ばして見せたのは、単に彼等《かれ》を皆殺《みなごろ》しにしたかったからではない。

全ては相手の心を攻める事。

畏怖《いふ》させる事が究極の目的なのだ。

(極端《きょくたん》な話、素手《すで》でも人を殺す事が出来る……相手を絶対に殺すのだという強固な意志さえあれば不可能ではないからな)

それは別に、御子柴亮真の様な鍛え上げられた肉体を持っている限られた人間に限定される話ではない。

女性でも喉笛《のどぶえ》に噛《か》みついて頸動脈《けいどうみゃく》を引き千切れば、相手を確実に失血死させる事が出来るだろう。

目や金的を狙《ねら》えば、体が出来ていない小学生や非力な老人でも、屈強な成人男性を殺す事が出来る。

いや、それこそ何も素手にこだわる必要などないのだ。

必要なら路上に落ちている石コロでも木の枝でも武器として使う事は出来るのだから。

可能か不可能かで考えるのであれば可能だろう。

だが、大抵《たいてい》の人間はそれをしない。

(そもそも、人を殺したいとすら思わないだろう)

その思わない理由は様々だ。

動物や植物も含《ふく》めて命は何よりも大切だと考える人間も居れば、人命は大切に想《おも》っていても動物に関しては無頓着《むとんちゃく》な人間もいるだろう。

それは、その人の選択《せんたく》であり匙加減《さじかげん》の領域。

だが、多少のブレは有るにせよ、快楽殺人鬼《シリアルキラー》に代表されるような特殊な精神の持ち主でない限り、自ら進んで人殺しをしたいと思う人間はまず居ないだろう。

だが、現実として人は時に人を殺してしまう。

それは全て、人の意思により選択した結果だ。

そして、戦争という極限状態程《ほど》、意思が生死を分ける状況はない。

（だからこそ、戦闘に於いて相手の心を攻めるべきなのだ）

戦争という非日常の中で勝敗を左右する最も重要な要素は、敵と戦い殺すのだという戦意をどれほど維持《いじ》出来るかという一点にのみ掛かっていると言っていいだろう。

祖国を守る為《ため》、家族を守る為、自らの名誉《めいよ》と栄達の為、様々な理由から、人は戦場に赴《おもむ》く。

戦えば望む何かを得られると信じて。

だから、戦争で勝利をする為に必要なのは、敵の兵士達が戦う意志を奪《うば》う事だとも言えるのだ。

戦っても望みが叶《かな》わないと思えば、人は戦う事を放棄《ほうき》するのだから。

（まぁ、タルージャ王国が誇《ほこ》るラウル・ジョルダーノを、このタイミングで討ち取る事が出来たのは、少しばかり出来過ぎな気がしないでもないが……ね。だが、ラウルの死はこの戦の趨《すう》勢《せい》を決めた……まさに天が与えた最高の贈《おく》り物だ）

一瞬《いっしゅん》、亮真の顔に笑みが浮かんだ。

それは実に利己的で醜《みにく》い下卑《げび》た笑み。

亮真にはあまり似つかわしくない類いの笑みだろう。

だが、その笑みは直ぐに亮真の顔から消え去る。

亮真自身も、如何《いか》にラウルが敵軍の将とは言え、人の死を喜ぶのは人間として問題がある事を理解しているからだ。

だが、個人の感情としては色々と思うところは有ったとしても、御子柴大公家の主でありローゼリア王国から派遣《はけん》された援軍《えんぐん》の将の立場から言えば、ラウル・ジョルダーノの死を喜ばしいものと表現するしかないのもまた事実だろう。

(勿論、それを周囲に見せようとは思わないが……ね)

これが人の感情の機微《きび》というものなのだ。

敵にも武人としての敬意は抱《いだ》いているし、ラウルの武名を称《たた》えもするが、強敵を排除出来ればやはり嬉《うれ》しさを隠《かく》し切れないというのが本音だろう。

御子柴亮真の双肩《そうけん》には、多くの人間の人生と命が重くのしかかっているのだから。

そして、ラウル・ジョルダーノの死は、御子柴大公家に仕える将兵全員の生に通じる。

戦争とはまさにゼロサムゲーム。

誰《だれ》かの損が誰かの得であり、誰かの得は誰かの損なのだ。

しかし、それを表立って表せば亮真の器量や人格が疑われてしまう。

それは、正論を言われても人の耳には煩わしく聞こえるのと同じだ。

嬉しい事を嬉しいと喜ぶのも時と場合によりけり。

自分の心や感情を正直に表す事が、常に最善であるとは限らないのだ。

後は、その事実を認めた上で、どう行動するかに過ぎない。

(しかし、クリスとレナードの二人はかなり出来る……やはりあの二人を俺のところで引き取ったのは正解だった。実に良い仕事をしてくれるぜ……まぁ、クリスの方は以前手合わせをしたからそこ迄《まで》驚きはしないが、レナードの方の実力は噂でしか知らなかったからな。だが、ジエルムクの包囲網を破った時にも感じたが、今回で二回続けて結果を出している……流石、あのエレナさんが太鼓判を押した人材だけあるか)

クリス・モーガンは、元はエレナの副官として仕えていた事も有り、歴戦の勇士というほどの回数をこなしたわけではないものの、戦場に出た経験も持ち合わせている。

何より、クリスと亮真は一度、戦場で戦いお互いの武人としての力量は把握《はあく》しているのだ。

そういう意味では、クリスの能力的な不安は少ないと言えるだろう。

それに対して、レナード・オルグレン子爵という人物は些か趣《おもむき》が異なる。

オルグレン子爵はローゼリア王国の宰相《さいしょう》として就任したマクマスター伯爵《はくしゃく》の従兄弟《いとこ》だ。

ただ、武人として名高いマクマスター伯爵に対して、レナードはどちらかと言えば文化人としての評価が高い。

何しろ、過去にはルピスの芸事の指南をしていたくらいの技量を誇るのだ。

酒と女をこよなく愛し、詩歌《しいか》音曲にも長《た》けた才人。

精々が自領に出没《しゅつぼつ》する野盗《やとう》や怪物の討伐《とうばつ》で兵を率いた程度だろう。

まさにローゼリア王国の社交界に於ける寵児《ちょうじ》であり、それ故に今迄も散々に浮名《うきな》を流してきた色男でもある中々に個性的な人物だ。

従兄弟であるマクマスター伯爵が、正妻に操《みさお》を立てて貴族の癖《くせ》に側室すらも持たないのとは、まさに対照的だと言えるだろう。

そんな周囲からの評価と、一見したところでは軽薄《けいはく》な中年の様に見えなくもない容姿の所為で、些か軽薄な文化人という評価を持っているのは事実だった。

実際、文化人としての評価はさておき、為政者《いせいしゃ》としての周囲の評価は寡黙《かもく》で武人肌《はだ》であるマクマスター伯爵と比べてかなり低いのが現状だ。

（武人としても優れた技量を持つと王宮では噂《うわさ》されてはいたようだが、戦場に出た経験も多くないという話だからな）

勿論、領民に重税を掛《か》けている訳ではないし、怪物や野盗の類が出没すれば兵を率いて討伐に向かうだけの器量と実力を持っている。

ただ、何事もそつなくこなすというレナード・オルグレン子爵の才気が、周囲からの反発を買うのだろう。

（良くも悪くも、芸事に現《うつつ》を抜かしている趣味《しゅみ》人と見られてしまい易《やす》いのだろうな）

そういう意味からすれば、如何にエレナの保証があるとはいえ、亮真がレナード・オルグレンという男の力量に幾ばくかの不安を感じたのはある意味、当然と言えなくもないだろう。

（だから、オルグレン子爵が今回の戦を通して自分の実力を証明してくれたのは嬉しい限りだ）

ロベルトやシグニスに比べれば幾分劣《いくぶんおと》るだろうが、それはあの二人が規格外の化け物であるだけという事。

クリスは元よりレナードもまた、列強諸国がその存在を恐れ警戒《けいかい》する程の、類まれな力量を持っているのだ。

それは今後、御子柴大公家にとって重要な戦力となる。

ただし、懸念《けねん》が全て払拭《ふっしょく》された訳ではないのだ。

（レナード・オルグレンは俺《おれ》に仕えている家臣だ。しかし、彼の心は未だにローゼリアの臣下だからな……）

亮真は、レナードの心に祖国ローゼリアに対しての愛と忠誠が満ちている事を知っていた。

そして、レナードが自分を主君と仰《あお》ぐ事で、祖国ローゼリアを間接的に守ろうとしている事を理解している。

（今更俺《いまさらおれ》を裏切るとは思わないが、扱《あつか》いには注意は必要だろうな）

裏切りには、上昇《じょうしょう》志向や野心から起こす能動的な裏切りと、自分が失いたくない何かを守るために裏切りを選ぶ受動的な裏切りの二通りがある。

そして、上昇志向や野心から起こす裏切りを予防する事は基本的には出来ない。

人の欲には際限がなく、恩賞として金や領地を幾ら与《あた》えても、それで満足とは思わないのだ。

貰ったその瞬間《しゅんかん》は喜んだとしても、時間が経過すれば直ぐに次を求める。

それは穴の開いたバケツに水を注ぐ様なものに近い。

ただ、レナード・オルグレン子爵《ししゃく》は、そういう自らの野心で裏切る様なタイプではない。

（オルグレン子爵が御子柴大公家を裏切るとすれば、それは俺がローゼリア王国とローゼリアヌス王家の最後の血を引くラディーネを惨《むご》く扱った時だろうな）

それは、明確に確かめた事ではない。

証拠《しょうこ》もないし、オルグレン子爵を問い詰めてもはぐらかされるだけだろう。

だが、亮真には何となくではあるが、自分の予想が正しいという確信の様なものがあった。

(まぁ、俺もラディーネ陛下を惨く扱う気はないから問題は無いが……ね)

恩知らずなルピス・ローゼリアヌスが相手であれば、御子柴亮真はどんな非道な策でも平然と用いる事が出来ただろう。

だが、自分に全幅《ぜんぷく》の信頼《しんらい》を向けるラディーネが相手では、そういう訳にはいかない。

ましてや、ラディーネを玉座に座《すわ》らせたのは亮真自身の決断だ。

恩には恩で報《むく》い、仇《あだ》には仇で報いる。

御子柴亮真という男の根幹には、恩讐《おんしゅう》の考え方が沁《し》みついているのだ。

これは世間一般《いっぱん》で言うところの善悪とはあまり関係が無い。

いわば、御子柴亮真という人間の信念であり生き方と言っていいだろう。

それはある意味、極《きわ》めて独善的で傲慢《ごうまん》にさえ見える。

だがだからこそ、亮真は絶対にそれを曲げるような事はしない。

近い将来、ローゼリア王国を亡《ほろ》ぼす日がやって来たとしても、それは決して武力による簒奪《さんだつ》ではなく、相当に穏当《おんとう》な形で行われる筈だ。

そして、自らの信念を翻《ひるがえ》さない限り、オルグレン子爵は御子柴亮真に対して忠誠を捧《ささ》げるだろう。

(それが、ローゼリア王国にとって一番良い結果を生むと、オルグレン子爵は理解しているからな)

正直に言えば、御子柴亮真にとってローゼリア王国とは扱いに困る厄介《やっかい》なお荷物でしかない。

何しろ、ローゼリア王国は貴族達の専横と、それを嫌うルピス・ローゼリアヌスが行った無謀な中央集権化の弊害《へいがい》によって、国政は乱れ、国土は荒《あ》れ始めている。

そこに有るのは疲弊《ひへい》した民達の姿だ。

それらの悪材料を取り除き、まともな国家として立て直すには相当な時間が掛かるだろう。

(それは、一朝一夕《いっちょういっせき》では終わらない難事だ)

そんな手間暇《てまひま》を費《つい》やして立て直しを図《はか》るくらいならば、一度更地《さらち》にしてゼロから国を作り直す方が早いし確実だろう。

一番よいのは、さっさとローゼリア王国を亡ぼし、御子柴亮真の国を立ち上げる事だ。

それは実際、ウォルテニア半島を領有するようになってから今日まで、御子柴大公家に仕える人間の大半が思《おも》い描いていた未来だろう。

実際、リオネやボルツ達からは、何時建国するのだと尋《たず》ねられているくらいなのだ。

だが、そんな周囲の進言に亮真は沈黙《ちんもく》で応えた。

勿論、自らが王となる新たな国を創り上げる意思がない訳ではない。

いや、それは当初から御子柴亮真の心に秘《ひ》められた野望であり、その為に様々な準備も行ってきたのだ。

(ただ……だからと言って、今直ぐにローゼリア王国を占領《せんりょう》して御子柴大公家の領土とするのも問題だからな)

それが分かっているから、亮真はルピス・ローゼリアヌスとの戦いに勝利した後、ラディーネ女王を担《かつ》ぎ出し、エレナやマクマスター伯爵を宰相に据《す》えるなどの対処を行って迄《まで》、ローゼリア王国の存続を選んだのだから。

それもこれも、理由は一つ。

今の御子柴亮真に、ローゼリア王国を支配するだけの力が無いからだろう。

(まぁ、一時的な占領なら可能だろうが……恒久的《こうきゆうてき》な支配を目指すとなれば、あまりにも状《じよう》況《きよう》が悪いからな)

単に富を収奪《しゆうだつ》し、不要になったら放棄するという、いわば焼き畑農業の様な占領であれば、今の御子柴大公家の軍事力でも十分に可能だ。

しかし、恒久的な支配となると話は変わって来る。

確かに長年にわたる貴族達の圧政の所為で、ローゼリア王国そのものに対して、恨《うら》みや敵意を抱いている国民は多いかもしれない。

だが、自分の生まれ育った国が、突然《とつぜん》現れたどこの馬の骨か分からない様な若造によって滅ぼされるとなれば、大半の人間はそれを唯々《いい》諾々《だくだく》と受け入れる事はないだろう。

剣《けん》や槍《やり》が無くとも、鋤《すき》や鍬《くわ》を持ち出して圧政者に抗《あらが》おうとする筈だ。

また、貴族達も御子柴亮真の支配を受け入れようという人間は限られている。

ベルグストン伯爵やゼレーフ伯爵の様に、先見の明があり、尚且《なおか》つ年若き覇王《はおう》を受け入れる事の出来る度量を持つ貴族は少ないのだから。

そんな事を考えているうちに、亮真と彼が率いる騎馬隊《きばたい》はエクレシア達との合流地点へとたどり着いた。

右側から砂塵《さじん》を巻き上げて近づいてくるのは、【暴風】の異名を持つミスト王国の将軍であるエクレシア・マリネールが率いる別動隊だ。

「お待たせしてしまったかしら？」

そう言うとエクレシアは小首を傾《かし》げて見せる。

それは、とてもこれから殺し合いをしに行く戦士とは思えないような、朗《ほが》らかで可憐《かれん》な笑みだ。

実際、エクレシアにしてみれば、既にこの戦の勝敗は決しているのだろう。

そしてそれは、亮真も同じ見立てだ。

後必要となるのは、勝利を確定させる事だけだろう。

「いいえ……恐らく丁度良いタイミングかと」

そう言うと亮真は前方へと視線を向ける。

風に運ばれてくるのは、剣戟《けんげき》の音と連合軍兵士達の悲鳴だ。

次々と連合軍が掲《かか》げていた軍旗が大地へと倒《たお》されていくところから察するに、中軍は既《すで》に軍としての機能を失いつつある。

恐らく、敵の兵士達はわずかな活路を求めて戦場から逃亡《とうぼう》を始めているのだろう。

「そうね……お二人共、随分と頑張《がんば》っていらっしゃる様ですからね。この辺りで私も少しは働

かないといけませんね。今後は客将《かくしょう》として御子柴様の下にご厄介になるのですから……ね」

そう言うとエクレシアは片目を瞑《つぶ》って見せた。

そんなエクレシアに対して亮真は苦笑いを浮《う》かべる。

「それでは、俺もエクレシアさんに負けない様に働くとしましょうか……ね」

そして、亮真は静かに腰の愛刀を抜《ぬ》き放つ。

その瞬間、亮真の会陰《えいん》にあるムーラダーラチャクラが回転を始めた。

呼吸と共に亮真の体を生気《プラーナ》が駆《か》け巡《めぐ》る。

それは、仙道《せんどう》で言うところの小周天に酷似《こくじ》していた。

生気が全身を満たし、その流れによって亮真の体にあるチャクラが回転していくのだ。

そして遂《つい》に、眉間《みけん》に有る第六のチャクラであるアージュニャー・チャクラが回転を始めた。

人ならざる力が亮真の体を満たしていく。

そして、亮真は鬼哭《きこく》を天に向かって高々と掲げた。

その瞬間、亮真の後ろに待機していた二万を超《こ》える軍勢から獣の如き咆哮《ほうこう》が放たれルブア平原を揺るがした。

そして、彼等は馬蹄《ばてい》を響《ひび》かせながら前進を始める。

彼等の主である若き覇王が命じるがまま、目の前の敵を蹂躙《じゅうりん》する為に。

しかし、その刃《やいば》を向けられている当事者本人は、未だにその事に気がついてはいなかった。

「ラウルが……ラウル・ジョルダーノが御子柴大公家の騎士に討《う》ち取られただと！　何かの間《ま》違《ちが》いではないのか？」

伝令が齎《もたら》した想いもかけない訃報《ふほう》に際して、ブリタニア王国が誇る鷲獅子騎士団《グリフォンナイツ》の団長にして、今回のミスト侵攻《しんこう》を任されているブルーノ・アッカルドの口から怒声《どせい》が放たれた。

並みの兵士であれば、その勢いに気圧《けお》されて、まともに返事も出来ないに違いない。

ブリタニア王国の自領を歩くと、領民達が直ぐに蜘蛛《くも》の子を散らすように逃《に》げ出すと言われるのも、その威圧《いあつ》感故なのだ。

何しろ、【人食い熊】と呼ばれるブルーノは百九十センチ近い身長に百五十キロは有ろうかという巨体を誇る髭面《ひげづら》の男だ。

その圧倒的な質量は、見る人に恐怖《きょうふ》を与える。

とは言え、髭を生やしているので分かりにくいが、美男子とは言えずとも、どちらかと言えば整った顔立ちをしている。

髭を剃《そ》り柔和《にゅうわ》な笑みを心がければ、もう少し柔《やわ》らかな印象を周囲に与えられるかもしれない。

しかし、それは無駄な努力なのだ。

戦士として数多《あまた》の戦場を潜《くぐ》り抜け、多くの命をその手で奪ってきた事実が、その体に沁みついているのだから。

そして、そんなブルーノの体から醸《かも》し出す空気は明確な圧力となる。

本人に脅《おど》す意図はなくとも、周囲を怯《おび》えさせてしまう。

だから普段《ふだん》は、ブルーノ自身も意図的に声を抑《おさ》えているのだが、今回ばかりは配慮《はいりょ》する余裕《よゆう》が無かったのだろう。

だが、そんなブルーノの怒声を受けても、その伝令は圧力に怯《ひる》む事なく己《おのれ》が職務を全《まっと》うする。

いや、あまりに目まぐるしく変わる戦況《せんきょう》に、彼の心が付いて行けないだけなのかもしれない。

「間違いありません。ラウル様を討ち取ったのはクリス・モーガンと名乗る騎士です！」

「馬鹿な……あの【烈火《れっか》】と呼ばれ周辺の国々から恐れられた男が……本当に討ち取られたというのか？」

ブルーノは睨《にら》み付けるかの様に天を見上げた。

西方大陸南部に位置する南部諸王国と呼ばれる地域は、大陸最大の激戦区とも呼ばれ、争いが絶えない紛争《ふんそう》地帯だ。

その中でも、タルージャ王国とブリタニア王国は隣同士《となりどうし》に位置しており、過去には幾度《いくど》となく国境線を巡って矛《ほこ》を交えて来た間柄《あいだがら》。

今回は仲介者《ちゅうかいしゃ》の手引きも有って、城塞都市ジェルムクの攻略《こうりゃく》に向けて一時的に手を結びはしたものの、本質的には敵同士である事に変わりは無いのだ。

ただ、だからこそブルーノはタルージャ王国が誇る【烈火】と呼ばれる猛将《もうしょう》の力量を誰よりも把握している。

(多少、攻勢《こうせい》を重視し過ぎるところはある……だが軍の指揮官としても、一人の戦士としても類まれな技量を誇る男だ……)

少なくとも、ブリタニア王国の中でラウル・ジョルダーノとまともに戦える将はブルーノのみだろう。

ラウル・ジョルダーノはそれ程の将なのだ。

だが、そんな手練《てだ》れがあっさり戦死してしまった。

（これは……不味《まず》い……本当に兵士達の心が圧《へ》し折れてしまう）

そして、もし圧し折れてしまえば、其処《そこ》から戦況を巻き返す事は不可能となるだろう。

ブルーノの脳裏に敗北の二文字がちらついてきた。

それは、【人食い熊】と恐れられる猛将には珍《めずら》しい気弱な考えなのは間違いないだろう。

少なくとも、今のブルーノの心境を知れば、大半の人間が驚《おどろ》く筈だ。

仮に絶対的に不利な状況に追い込《こ》まれていたとしても、決死の覚悟《かくご》で兵士達の奮戦を促《うなが》し、此処から戦況を巻き返そうと気炎《きえん》を吐《は》くのが、多くの人間達が抱く猛将ブルーノ・アッカルドの姿なのだから。

だが、それはあくまでも周囲が抱く幻想《げんそう》でしかない。

いや、周囲が抱いたというよりも、ブルーノが抱かせた幻想という言う方がただしいかもしれないだろう。

周囲からは【人食い熊】と恐れられ猛将とみなされていても、ブルーノ・アッカルドという武将の本質は、どちらかと言えば軍略や戦術を重んじる知将の側面が強い人間なのだ。

そうでなければ、城塞都市ジェルムクに敵軍を誘《おび》き出して殲滅《せんめつ》しようなどとは考えないだろう。

この類まれな体格と戦士としての技量を持っていながらも、ブルーノは文字通り怜悧《れいり》であり、狡猾《こうかつ》な男だった。

しかし、そんなブルーノだからこそ、この戦の行きつく先が見えてしまう。

(どうする……此処はやはり引くべきか？)

これが、流れ矢に当たって戦死や、乱戦のさなかに孤立《こりつ》したラウルが敵兵に囲まれてしまった末の結果ならば、ブルーノも此処まで動揺《どうよう》を見せる事は無かった。

それは、運否天賦《うんぷてんぷ》の範疇《はんちゅう》であり、個人の実力とは無関係な領域の話なのだから。

(勿論、運も実力の内であり、天命や運命も原因を突《つ》き詰めていけば、明確な理由が存在しているのは確かだ……だが、多くの人間は天命や運命という言葉を聞けば、自分の努力や能力以外の理由で負けたのだと、己の心を慰《なぐさ》める事が出来るからな)

それは一種の現実逃避《とうひ》かもしれない。

だが、人が人として心のバランスを取る上では必要なものである事を、ブルーノは長年戦場で生き抜いてきた将としての経験から理解していた。

だから、偶然《ぐうぜん》による戦死であれば大きな問題はないのだ。

実際はどうであれ、武運拙《つたな》く天に召《め》されたと嘆《なげ》いて見せればそれで済む。

しかし、敵と一騎討《いっきう》ちをして敗北した結果となれば話は大きく変わってきてしまう。

それは、どう言い訳しようとも、ラウル・ジョルダーノという武将の敗北であると兵士達に判断されるからだ。

（勿論、一騎討ちの中にも、偶発的要素《ぐうはつてき》は介在《かいざい》している）

それこそ、風が吹くタイミングでも、周囲の兵士達が上げる喚声《かんせい》の大きさでも、多かれ少なかれ影響《えいきょう》は出てくるのだから。

そういう意味からすれば、運命や天命といった偶発的要素が介在しないという事は有り得ないと言っていい。

だが、それが真実だからと言って、万人《ばんにん》が納得《なっとく》する訳ではないのだ。

人は信じたいものを信じる。

そして、戦場で命を懸《か》ける兵士達にとって将とは文字通り象徴《しょうちょう》であり絶対的な強者なのだ。

そんな強者が一騎討ちに敗れた。

それは、敵の強さが自分達よりも上だという証明だ。

少なくとも、兵士達はそう認識《にんしき》する筈だ。

ラウル・ジョルダーノという武将を信奉《しんぽう》していれば信奉している程、その落差は大きい。

そして、その認識は兵士達の戦意を確実に削《そ》ぐだろう。

ましてや、それが無名の騎士《きし》となれば、兵士達が受ける衝撃《しょうげき》は何倍にもなる。

ただでさえ、戦象部隊の壊滅は連合軍の将兵に大きな衝撃を与えているのだ。

この状況で、ラウルの死は余りにも痛すぎた。

「いったいクリス・モーガンとは何者だ？　ローゼリア王国にそんな手練れが居るなど、今迄《まで》一度も聞いた事が無いぞ？　それとも、他国からの流れ者なのか？」

だが、如何にブルーノが伝令の報告を否定しようが、ラウル・ジョルダーノがクリス・モーガンの手によって討ち取られたという事実は変わらない。

「ローゼリア王国で諸国にまで名の通った将など、エレナ・シュタイナーくらいのものだった筈だ」

そんな言葉がブルーノの口から零《こぼ》れた。

それは当然の疑問だろう。

しかし、その問いに答えられる人間は、ブルーノの周りには誰もいなかった。

誰もが口を噤《つぐ》み項垂《うなだ》れる。

（どういう事だ？　御子柴大公軍はもとより、ローゼリア王国でも名のある武人は一通り調べがついていた筈なのに……）

ブルーノはローゼリア王国と御子柴大公家に関してある程度事前に調べていた。

西方大陸に割拠《かっきょ》する国々の位置関係を考えた際に、ミスト王国まで援軍を派遣する可能性が最も高いのは、隣国《りんごく》であるローゼリア王国なのだ。

また、そのローゼリア王国に於ける昨今の情勢を考えれば、遠征軍《えんせいぐん》の主力が御子柴大公家になるであろう事は容易に想像が出来るだろう。

（だからこそ俺は、御子柴大公家に仕える将達の情報を集めさせた。敵の戦力を知らなければ戦術など立てられないからだ）

それは、一軍を預かる将として当然の行動だろう。

当然、【御子柴大公家の双刃《そうじん》】と呼ばれる二人の猛将であるロベルト・ベルトランとシグニス・ガルベイラの名は把握していたし、【紅獅子《べにじし》】と謳《うた》われた凄腕《すごうで》の傭兵《ようへい》であるリオネの存在もブルーノは認識している。

とは言え、それは容易《たやす》い事ではなかった。

何しろ、単に名前を調べれば良いというものではないのだ。

必要なのは彼等の戦歴と、どの程度警戒に値するだけの力量を持つ人間なのかという点なのだから。

その上、情報伝達手段が限られている大地世界に於いて、相当な情報網《じょうほうもう》が無ければ手に入らない様な情報なのだ。

時間と手間、そして何よりも金が掛かる。

ましてや、ブリタニア王国は大陸南東部、御子柴大公家の本拠地《ほんきょち》であるウォルテニア半島は大陸南西部とかなり距離《きょり》が離《はな》れている。

それは、情報を入手する上で大きな障害なのは間違いないだろう。

だが、そういった諸々《もろもろ》の悪条件を乗り越《こ》えて入手した情報の中に、クリス・モーガンの名前はない。

(ラウルを討ち取る程の技量を誇る無名の武人だと？　馬鹿な……それ程の武人が無名な事が有り得るのか？)

だが、ブルーノがクリスの情報を得られなかったのは、当然の結果なのだ。

クリス・モーガンの名を知る人間は、ローゼリア王国の中でも極めて少ない。

また、仮にクリスの名を知っているとしても、それはエレナ・シュタイナーの副官としての認識だ。

少なくとも、クリスがロベルト・ベルトランやシグニス・ガルベイラに匹敵《ひってき》するほどの手練れだと知る人間はほぼ皆無《かいむ》と言って良いだろう。

それは、クリスの過去に原因がある。

より正確に言えば、クリスの祖父であるフランク・モーガンがエレナの側近として長年務め上げてきたのが遠因だ。

勿論それは、モーガン家にとっては誇るべき歴史だろう。

それは、【ローゼリア王国の白き軍神】と謳われたほどの英傑《えいけつ》の側近として重用されてきた証なのだから。

だが、そんな誇らしい歴史も、人によっては憎悪《ぞうお》の対象となる。

特にそれが、エレナを平民出身の成り上がりと蔑《さげす》んで来た人間にとっては、見過ごす事の出来ない罪でしかなかったのだ。

その結果、エレナが現役《げんえき》復帰をするまで、クリス・モーガンは当時の騎士派の首魁《しゅかい》であったホドラム・アーレベルク将軍に疎《うと》まれ、不遇《ふぐう》の日々を送っていたのだ。

当然、戦場で武功を挙げる機会など巡ってくる筈もない。

それが、クリスの名前が諸国に知れ渡《わた》っていない理由だ。

だが、そんな裏の事情を知る人間は少ない。

ブルーノがクリス・モーガン個人を調べろと命じていれば違っただろうが、御子柴大公家の有力武将を調べるという観点で見れば、クリスの名が挙がる筈が無いのだ。

(何故《なぜ》だ……何故こうなる？)

戦には無数の分岐点《ぶんきてん》が存在する。

そして、その分岐を適正に選択する事で勝利を掴むという考え方の下、ブルーノ・アッカルドが数多の戦に勝利してきたのだ。

(俺は何処《どこ》で選択を間違えたのだ？)

しかしその疑問に答えてくれる人間は居ない。

いや、その答えを探す時間すらも、ブルーノ・アッカルドには残されてはいなかった。

何故なら、中軍を殲滅し、新たな獲物《えもの》を前に猛《たけ》り狂《くる》った金と銀の鱗《うろこ》を持つ双頭《そうとう》の蛇《へび》の紋章《もんしょう》を掲げた一団が、ブルーノが居る本陣に向かって突撃をしてきたのだから。

それはまさに、黒い津波《つなみ》にも似ていた。

何時《いつ》の間《ま》にか忍《しの》び寄り、気が付いた時にはすでに手遅《ており》れな距離まで詰められてしまっている。

「何をしている。敵の襲撃《しゅうげき》だ！」

「歩兵は盾《たて》を構えろ。騎馬《きば》の突撃を防ぐのだ！」

そんな絶叫《ぜっきょう》があちこちから響き渡る。

しかし、万全《ばんぜん》な状態で待ち構えていても防げるかどうかという程の突撃を、ラウルの戦死という悲報で動揺する連合軍の兵士達《たち》が防げるはずもないだろう。

先頭を駆けるのは黒の鎧《よろい》に身を包んだ大柄《おおがら》の男。

そして、その男を乗せてルブア平原を駆けるのは漆黒《しっこく》の毛並みを持つ巨馬《きょば》だ。

彼等はまさに人馬一体であり、無人の野を駆けるが如く本陣を切り裂《さ》いていく。

「鬼哭、力を見せてみろ！」

その叫《さけ》びと共に、妖気《ようき》を纏《まと》いし日本刀が鞘《さや》から引き抜かれた。

そして次の瞬間、鬼《おに》の哭《な》き声にも似た音と共に刃風が巻き起こり、状況も掴めずにいる兵士達を薙《な》ぎ払《はら》う。

その恨みに満ちた哭き声はまさに呪《のろ》い。

一度耳にすれば、心弱き人間は体を震《ふる》わせ動けなくなってしまうだろう。

そして、その動けなくなった兵士達を、鋼の刃が無情にも切り裂いていくのだ。

それはまさに、鬼哭の名に相応《ふさわ》しい地獄《じごく》の如き惨状《さんじょう》だ。

「腕《うで》が！　腕があぁぁぁ」

「何だこれは……体が……」

「おい、しっかりしろ！　死ぬな！」

そこかしこから上がる悲鳴と絶叫が、ルブア平原に木霊《こだま》する。

大地は赤黒い血で染まり、切り飛ばされた肉片《にくへん》が大地を覆《おお》う。

その中を黒く染められた鎧に身を包む悪鬼達《あつきたち》が雄叫《おたけ》びを上げながら突き進《すす》んでいく。

正常な精神を持った人間ならば、誰もがその無残さに目を背《そむ》けるだろう。

いや、気の弱い人間であれば失神しても何の不思議もないのだ。

だが、そんな惨状を作り出した当事者の心には、敵を殺すという歓喜《かんき》も、傷つきもだえる兵士達への憐憫《れんびん》も無いらしい。

あるのはただ、強固にして冷たい鋼の如き殺意。

実際、悪鬼達の主である御子柴亮真にとって、周囲で悲鳴を上げる兵士達など路傍《ろぼう》の石程の価値もないのだ。

それは獣道《けものみち》を進む際に、邪魔《じやま》な草木を切り倒す狩人《かりゆうど》の心境にも似ているだろう。

その頭の中に有るのは、獲物を見つけて狩《か》るという意志だけ。

勿論、連合軍の将兵達も、そんな悪鬼達の進軍をただ黙《だま》って見守っていた訳ではない。

だが、それは所詮《しよせん》、無駄《むだ》な足掻《あが》きでしかなかった。

そして遂に、その瞬間は訪《おとず》れた。

ブルーノに向かって、血に濡《ぬ》れそぼった鬼哭の刃が唸《うな》りを上げて襲《おそ》い掛かる。

(不味い!)

その瞬間、ブルーノの意識は空白だった。

ただ、自らの体に襲い掛かる敵の刃の煌《きら》めきだけが視界に映っていただけだ。

だが、歴戦の戦士であるブルーノの生存本能が彼の体を動かした。

ブルーノは傍《かたわ》らに置いていた愛用の戦鎚《せんつい》を無意識のまま頭上へと掲げる。
そして、乾《かわ》いた金属音が戦場に響き渡ると共に、ブルーノの右腕《みぎうで》に鋭《するど》い痛みが走った。
それは、戦鎚の先端部《せんたんぶ》が鬼哭の刃によって切り飛ばされた証だ。
そして、その痛みがブルーノの意識を現実へと引き戻《もど》す。
「ちっ……防ぎやがったか」
そんな舌打ちと共に、再びブルーノに向かって鬼哭の刃が襲い掛かる。
だが、今度はブルーノも黙って守りに徹《てっ》する事は無かった。
ブルーノは手に握《にぎ》っていた戦鎚の柄《え》を投げ捨て、腰《こし》の剣を抜き放ち応戦する。
「御子柴ぁぁぁぁぁああ！」
ブルーノの口から咆哮が放たれる。
そして次の瞬間、二人の間で鋭い金属音と共に赤い火花が虚空《こくう》に散った。
睨み合う二人。
ブルーノにしてみれば、目の前に憎《にく》んでも憎み切れない怨敵《おんてき》が姿を現したのだ。
それはまさに、千載一遇《せんざいいちぐう》の好機。
だが、二人の対決は勝敗を決める事なく唐突《とうとつ》に終わりを迎《むか》える。
流石《さすが》に連合軍の兵士達も腑《ふ》抜けてはいなかったらしい。
彼等は身を挺《てい》してブルーノと亮真の間に割って入る。
「お下がりください！」

「ブルーノ様！　こちらへ！」

「後方の部隊に伝令を送れ！　こちらの援護《えんご》に向かわせるんだ！」

「敵は少数。取り囲んで討ち取るのだ！」

そんな叫び声と共に、ブルーノの巨体《きょたい》が兵士達の作り出した肉壁《にくかべ》の中へと引きずりこまれていく。

本陣《ほんじん》を襲撃され、総大将の首が狙われるという大事を前に、連合軍の兵士達の士気が一時的に回復したのだ。

それは言うなれば、フリーズしていたパソコンの電源を一度切り、再度電源を入れ直した様なものだろうか。

そして、それはブルーノ・アッカルドという男が、連合軍の将兵から信奉を向けられているという証でもあるだろう。

そんな連合軍将兵の動きを確認《かくにん》すると、御子柴亮真は直《す》ぐに撤退《てったい》を決断した。

「此処《ここ》まで……だな」

そんな呟《つぶや》きが亮真の唇《くちびる》から零れた。

正直に言えば不満がない訳ではないのだ。

確かにブルーノは兵士達に守られてはいるが、多少の犠牲《ぎせい》を覚悟すれば討ち取る可能性は残されている。

そうすれば、この戦を御子柴大公軍の勝利で終える事が出来るのだから。

だが、亮真の脳は兵士達に囲まれたブルーノの姿から、全く別の絵図を描《えが》こうとしていた。

「成程《なるほど》……流石はブリタニア王国一の猛将と謳われたブルーノ・アッカルド！【人食い熊】と異名を持つだけの事はありますね！　まさかこちらの突撃《とつげき》を防ぎ切るとは、実にお見事な采《さい》配《はい》です！　此処は、将軍の采配に敬意を表し引くとしましょう」

それは、明らかに事実とは異なる言葉だ。

ブルーノの采配が冴《さ》え渡った結果、亮真の突撃を防ぎ切ったという訳ではないのだから。

だが、そんな事実は重要ではないのだ。

この場を支配しているのは御子柴亮真という男なのだ。

その支配者が黒と叫べば、たとえ白い物でも黒に染まるのだから。

「それではまた！　戦場で会える日を楽しみにしています」

そう高らかに叫ぶと、亮真は西に向かって馬を走らせる。

その背後には、共に本陣に突撃してきた黒衣を纏った悪鬼達が影《かげ》のように付き従う。

その一糸乱れぬ姿に、連合軍の将兵は追撃《ついげき》する事が出来なかった。

彼《かれ》等は御子柴大公軍が撤退していくのを阻《はば》もうとはしない。

下手に手を出せば、自らの命が容赦《ようしゃ》なく刈《か》り取られてしまう事を本能的に察してしまったが故に。

「よろしかったのですか……あのまま攻《せ》めればブルーノ・アッカルドを討つ事も出来たと思い

ますが？」

亮真の横に馬に寄せながら、エクレシアが声を掛ける。

その顔に浮かぶのは疑問の色だ。

だが、そんなエクレシアに亮真は首を横に振《ふ》って見せた。

「今此処でアッカルド将軍を無理に討ち取ったところで、あまり意味はないでしょう。それに、うちの兵は皆精鋭揃《みなせいえいぞろ》いですが、あの状態で兵を引かなければこちらもそれなりの損害が出た筈《はず》です。リターンが無さすぎますよ。エクレシアさんとしては些《いささ》か不満かもしれませんが……ね」

その言葉に、エクレシアは軽く目を見開いて驚きを露《あらわ》にする。

だが、亮真の言葉に含《ふく》まれた真意を察したのだろう。

エクレシアは直ぐに頷《うなず》いて見せた。

「成程……リターンが無いですか……確かにそうですね……あそこでアッカルド将軍を討ち取ったとしても大局に大きな影響はなかったでしょうね」

北からはアレクシス・デュラン率いるミスト王国軍が南下しているのだ。

そして、その軍勢と戦えるだけの戦力が御子柴大公軍にはない。

ジェルムク周辺の住民達を使って足止めをしているとは言え、それも何時まで持つか分からない状況である以上、一刻も早くミスト王国領内から軍を撤退させるべきなのは変わらないのだ。

そして、その状況はブルーノ・アッカルドを討ち取ろうが、討ち取れなかろうが変わらない。

勿論《もちろん》、最初の突撃でブルーノを討ち取れればそれはそれでよかったのは事実だ。

(だが、あの状況から無理に討ち取ろうとする危険を冒《おか》す意味は少ない)

敵の後詰《ごづ》めも健在なのだ。

あれ以上時間を費やせば、本陣へ突入《とつにゅう》した亮真達が、逆に連合軍の将兵に取り囲まれる窮地《きゅうち》に追いやられる可能性も考えられるだろう。

(勿論、必ずそうなったとは言い切れない……だが、それを見越《みこ》して動くのはリスクが高すぎるだろうな)

必要以上にリスクを冒す事を恐《おそ》れる必要はないが、そのリスクに見合うだけのリターンが無ければ意味が無い。

全てはリスクとリターンのバランスの問題なのだ。

「それならば、アッカルド将軍を生かしておく方が、ブリタニアとタルージャの間に楔《くさび》を打ち込みやすいという訳ですね？　いえ、この場合は楔というよりも蛇の猛毒《もうどく》を流《なが》し込んだという方が正しいのかしら？」

そう言いながら、エクレシアは頭上に翻る御子柴大公家の軍旗を見上げた。

彼女《かのじょ》の目に映るのは剣に巻き付く金と銀の鱗を持った双頭の蛇の紋章だ。

「えぇ……ラウル・ジョルダーノが戦死し、ブルーノ・アッカルドが生き延びたという事実は、両国の間に間違いなく大きな亀裂《きれつ》を生じさせるでしょうからね。あの場でアッカルド将軍を討ち取る事も可能だったでしょうが、今後を考えれば彼を生かしておく方が、利用価値が高いと判断したまでの事ですよ。何しろ、疑心という毒は周囲をも蝕《むしば》みますからね」

その毒は、時が経《た》つほどにブリタニア王国とタルージャ王国の奥深《おくふか》くへと浸透《しんとう》していく。

そしてそれは、ブルーノの首を得るよりも価値がある戦果だ。

「御子柴様が敵の本陣から軍を引く際に、彼を賞賛する様な言い回しを態々《わざわざ》していたのも、それが狙《ねら》いですね……本当に怖《こわ》い方ですね。御子柴様は……あの一瞬《いっしゅん》で、そこまで計算されたのですか……」

その問いに亮真はニヤリと笑《え》みを浮かべて答える。

「まぁ、褒《ほ》められたと思っておきましょう」

そう言うと、亮真は軽く肩《かた》を竦《すく》めて見せた。

そんな亮真に対してエクレシアは大きくため息をつく。

「それで、この後はどうされるのですか？　一旦《いったん》はローゼリアへ撤退するとはお聞きしましたが……」

その問いに、亮真は小さく頷く。

「えぇ……ただ、一度　城塞《じようさい》都市イラクリオンへ向かうつもりです。王都ピレウスまで軍を戻してしまうと、今後の対応が難しくなるかもしれませんからね」

「イラクリオン……ローゼリア南部の要と呼ばれる都市ですね」

そう言うと、エクレシアは亮真へ探《さぐ》るような視線を向ける。

「再度遠征《えんせい》も有り得ると？」

その問いに亮真は首を横に振った。

「正直に言えば、悩《なや》んでいます……何しろ、ミスト王国で政変が起こり、フィリップ陛下が崩《ほう》御《ぎょ》された事も、三将軍の一角であるアレクシス・デュランが敵に内通している可能性が高いという状況も、流石に想定外でしたからね」

それは、普段は自信に満ち溢《あふ》れている若き覇王にしては珍しい言葉だろう。

しかし、それも当然の事なのだ。

如何《いか》に優《すぐ》れた能力を御子柴亮真が持っているとしても、全ての事象を見通す事など出来る筈もないのだから。

そして、そんな亮真の言葉にエクレシアは深く頷いて見せる。

「確かに……私も未《いま》だにあの方が裏切るとは信じられませんから」

ジェルムクの防衛を担《にな》っていたハンス・ランドールの行動と、アレクシス・デュランの一連の動きから推測するに、彼等が連合軍と内通していたのはほぼ確定していると判断していいだろう。

だが、それでもエクレシアは、未だに自分の同僚《どうりょう》でありミスト王国の誇《ほこ》る英雄《えいゆう》が敵と通じていたと確信を持てないでいた。

そして、そんなエクレシアを亮真は責めようとはしない。

亮真自身、デュラン将軍の狙いが読み切れないでいるのだから。

(とにかく今は、考える時間が必要だな)

その時、亮真は右手から砂塵を巻き上げながら移動する一団に気が付いた。
その中に御子柴大公家の旗が掲げられている事を確認し亮真の顔に笑みが浮かぶ。
それは、城塞《じょうさい》都市ジェルムクで別れたマルフィスト姉妹《しまい》に付けた五千の兵達だ。
「無事に合流出来たか……」
それは、今回のミスト王国救援《きゅうえん》から始まった戦の終わりを告げていた。
だが、亮真は未だに知らない。
その一団の中に、亮真の予想もしていない賓客達《ひんかくたち》が紛《まぎ》れ込んでいるという事を。

第三章　戦の残り火

ミスト王国の南に広がるルブア平原に、朝日が昇《のぼ》って来た。

既に、御子柴《みこしば》大公軍がこの戦場から撤退して七日。

今日で八回目の朝日が東の空を赤く染めた事になるだろう。

「朝か……また徹夜《てつや》をしてしまったな」

天幕の入り口から光りが差し込んでいるのに気が付き、ブルーノ・アッカルドは手にしていた羽ペンの動きを止めた。

余程《よほど》集中して書類仕事をこなしていたらしい。

既に机の上に置かれた三本の蝋燭《ろうそく》のうち、二本は三分の一近くにまでその姿を減らしており、残りの一本は既に灯心が燃《も》え尽《つ》きて灯《あか》りが消えてしまっている。

普通《ふつう》ならば、傍《そば》に控《ひか》えている近習《きんじゅ》に命じて新しい蝋燭を持ってこさせれば良いだけの事だ。

だが、今の今までブルーノはその事に気が付きもしなかったのだから。

それは、ブルーノが恐ろしいまでの集中力を発揮して書類と格闘《かくとう》していた証だろうか。

その時、ブルーノの視界が一瞬霞《いっしゅんかす》んで見えた。

それはデジタル社会である現代でもよく見られる疲《つか》れ目《め》か、或《あ》いは眼精疲労《ひろう》の症状《しょうじょう》。

ブルーノは目を閉じると、軽く目頭《めがしら》の辺りを指で揉《も》んだ。

（恐らく、蝋燭のほのかな明かりを頼《たよ》りに、夜通し細かい文字を見続けたせいだろうな）

それに加えて、朝日の光を目にしたブルーノの体が、自分が徹夜した事を認識してしまった事も大きいだろう。

何しろ、人体には未だ多くの謎《なぞ》と神秘が残されている。

科学が発達した現代でも、人の体の全てが解明されている訳ではないのだ。

そして、その神秘の中には、人体の疲労を本人に意識させる事なく限界を超えて働かせるというものがある。

所謂《いわゆる》、火事場の馬鹿力の様なものだろうか。

自宅が火事になった際に、老婆《ろうば》が普通なら到底《とうてい》動かせない様な家財道具を背負って逃げ出した話を聞く事が有るが、それは実際に起こり得る現実なのだ。

極限状態に置かれた人間の意識が、生存本能的な理由から、体の限界《リミット》を外してしまうのだろう。

もっとも、そこまで極端《きょくたん》な例が珍しいのは事実だ。

だが、そこまで極端ではなくとも、人は時に通常以上の集中力を以《もっ》て、予想以上の結果を得る事が有る。

そしてそれは、芸術活動でも、会社の仕事でも、スポーツの試合でも起こり得るのだ。

当然、ブルーノの様な書類仕事をしている時でもだ。

それは所謂、ゾーンに入ると言われる状態。

集中力が増し、疲労を感じ難《にく》くするその状態は、大抵《たいてい》良い事だと言われている。

実際、その状態になった人間は予想以上の成果を得る事が多い。

だが、物事には表と裏が存在している。

得る物が大きい分、その代償《だいしょう》もまた大きいのが世の理だろう。

何かのはずみでゾーンが解除された時、その人間の体には無理をした反動が表れる。

ブルーノの視界が一瞬霞んだのもそんな理由だろうか。

だが、そこまでして働いても、ブルーノの仕事は未だに終わりを見せない。

机の上には、未だに書類で造られた山が二つほど聳《そび》え立っているのだから。

「まぁいい……一息入れるとしよう」

そんな言葉がブルーノの口から零れる。

そして、ブルーノは椅子《いす》から立ち上がると、腕を上げながら大きく伸《の》びをした。

その時、微《かす》かに走った右腕の痛みにブルーノは軽く顔を顰《しか》める。

それは、先日の戦の最中、本陣へ切り込んで来た御子柴亮真《りょうま》の一撃《いちげき》を防いだ際に受けた傷の所為《せい》だ。

(傷は浅かった筈だが……)

そんな事を思いながら、ブルーノは傷の辺りを確かめるかの様に擦《こす》った。

とは言え、治療《ちりょう》に秘薬を使ったので、傷自体は既に消えている。

今はうっすらと赤い線が残っているだけだ。

（数日もすれば綺麗《きれい》に消えて無くなる）

そういう意味からすれば、既に完治したといっても過言ではないだろう。

それもこれも、怪我《けが》の治療にあたった医師が数少ない秘薬の使用を決めたからだ。

（些か、気の回しすぎだろうと思わなくもないが……な）

正直、ブルーノ自身は、あの程度の傷で貴重な秘薬を使うなど勿体《もったい》ないと思っている。

勿論、ブルーノの傷がかすり傷と言われるほど軽いものではなかったのは事実だろう。

少なくとも、唾《つば》をつけておけば治ると言われる程度のものではなかった事だけは事実だ。

しかし、ブルーノの長い戦歴の中には、致命傷《ちめいしょう》と思われる傷を受けても、その場で縫合《ほうごう》する程度の処置で済まされた事が幾度もあるのだ。

それに比べれば、今回の傷は軽傷の範囲《はんい》で収まる程度のモノだろう。

（それに、あの秘薬を使えば、重傷の兵士を一人、救う事が出来ただろうからな）

勿論、平時ならばブルーノもそこまで気にしない。

だが、此処は七日前まで、血と怨嗟《えんさ》の声に満ち溢れた戦場だったのだ。

生と死の狭間《はざま》で、秘薬を求める兵士は腐《くさ》る程《ほど》存在していただろう。

そんな、兵士達の苦痛と嘆きを知っていれば、ブルーノが忸怩《じくじ》たる思いを抱《いだ》くのも当然と言えるのだ。

ブルーノにとって彼の指揮下に居る兵士達は、自らが勝利を得る為《ため》に必要な駒《こま》であると同時に、生死を共にする戦友でもあるのだから。

ただそれは、身分制度のある大地世界《アース》ではかなり珍しい感性だと言えるだろう。

ブリタニア王国を始め、厳格な身分制度を持つ国が多い大地世界に於《お》いて、大半の将は貴族階級か王族の出身が殆《ほとん》どなのだ。

彼等は、生まれながらにして人の上に立つ事を義務付けられた存在。

そんな人間達にしてみれば、平民階級出身者が多い一介《いっかい》の兵士の命を一々気になどしないし、していられないというのが本音だろう。

それこそ、かすり傷でも秘薬を使って治療しろと求める方が普通だ。

(だが……それでは、兵士達からの信望は得られない)

勿論、それが正しいかどうかはブルーノ自身も分からない。

ただ少なくとも、【人食い熊】と呼ばれる猛将、ブルーノ・アッカルドという人間は、そういう男だった。

とは言え、それはあくまでもブルーノの個人的な感想でしかない。

実際、周囲の人間からしてみれば、ある意味ブルーノの希望は単なる我儘《わがまま》でしかないだろう。

幾《いく》らブルーノが不要だと言い張ったところで、それで話は済まないのだ。

当事者であるブルーノが特別扱《あつか》いされるのを嫌《きら》うのは勝手だ。

だが、もし仮にブルーノの意思に従って彼の身に何かが起きた場合、だれが責任を取るのかという話にもなりかねないだろう。

特別扱いをするにはするだけの理由が存在しているのだ。

(まぁ、ラウルが戦死した今、彼等の主張も分からなくもない……か)

連合軍の副将を務めていたラウル・ジョルダーノが戦死した今、ブルーノの身に何かあれば、軍の指揮を執《と》れる人間が居なくなってしまう。

実際、ブルーノの前に堆《うずたか》く積みあがった書類の山も、元をただせばラウルの戦死に起因しているのだ。

本来は副将が処理してくれるはずの仕事までブルーノの下に回されてくれれば、単純計算でも負荷《ふか》は二倍近くにまで跳《は》ね上がるのは当然と言えた。

そういった諸々の事情を考えれば、ブルーノ・アッカルドは文字通り替《か》えが効かない存在だと言えるだろう。

如何に重傷ではないとはいえ、それなりの傷を負っている以上、治療にあたった医師が出来る最善を尽くそうとしたのは正しい判断と言える。

たとえそれが、ブルーノから見て多少過剰《かじょう》対応だったとしてもだ。

ただ、問題が無い訳でもない。

それは、時折り感じる痛みだ。

(腕を動かすと時折り痛みが走る。それに、どうも傷の治りが悪い様な気がするな)

見た目上は殆ど完治しているといっていいだろう。

だが、そんな表面的な事実を認識しつつも、ブルーノは自分の右腕に違和感《いわかん》を抱いていた。

そして、その原因として思い当たる理由は一つしかない。

(あの男は確か鬼哭《きこく》……とか呼んでいた様だが……何らかの付与《ふよ》法術が施《ほどこ》された法剣《ほうけん》の類なのは間違《まちが》いないだろうが……)

先日、御子柴亮真が振るった刀の一撃は、ブルーノが愛用している戦鎚《せんつい》を両断して見せる程の切れ味を見せた。

総鋼鉄製の重量武器にも拘《かか》わらず、柄の部分を一刀両断にし、籠手《こて》で覆われていたブルーノの右腕を切りつけて見せたのは、御子柴亮真という男の技量と、彼の振るう刀の切れ味の鋭さ故だろうか。

痛みの原因が毒によるものではない事は既《すで》に医師によって確認されているが、その事が逆に、ブルーノに言い知れぬ恐怖《きょうふ》を抱かせてもいる。

(まぁ、愛用の戦鎚を失ったのは残念だが、腕を斬《き》り飛ばされなかっただけマシだろう……な)

そんな思いがブルーノの心を過《よぎ》った。

その脳裏《のうり》に浮《う》かぶのは、両断された戦鎚の哀《あわ》れな姿。

それは、ブルーノにしては珍しい感傷的とも言える感情だった。

とは言え、それも無理からぬ事ではあるのだ。

何しろ、亮真によって両断された戦鎚は、ブルーノが初陣《ういじん》を飾《かざ》ってから今日まで彼と共に幾《いく》多《た》の戦場を潜り抜《ぬ》けて来た大切な相棒なのだ。

いや、相棒というよりも半身という言葉の方が正しいだろうか。

ブリタニア王国に居る自分の妻とどちらが大事かと問われれば、答えに窮《きゅう》する程だ。

勿論、それを正直に自分の妻に告げる程、ブルーノは愚《おろ》かではない。

心のうちがどうであれ、妻には「君の方が大切に決まっているじゃないか」と甘《あま》く囁《ささや》く程度には分別がある。

だが、その本心はと問われた時、ブルーノ自身も断言は難しい。

それほど大切な半身の消失は、ブルーノにとって大きな痛手なのは間違いないだろう。

ただ、だからと言ってそんな感傷に浸《ひた》っている暇《ひま》など、今のブルーノにはないのだ。

未だに痛みを感じるとは言え、表面的には既に適切な治療を受け完治している以上、ブルーノは連合軍の総指揮官として自らの役目を果たす義務があるのだから。

(あの男との会談まで時間が無いから……な)

その想《おも》いがブルーノを焦《あせ》らせる。

何しろ、ブルーノの双肩《そうけん》にはブリタニア王国とタルージャ王国という二つの国の今後が重く圧し掛《か》かっているのだ。

その重責を思えば、多少の痛みなどどうという事も無い。

今のブルーノにとって重要なのはただ一つ。

自らの責務を十全に果たす事だけなのだ。

そしてそれは、ブルーノを支える幹部達も同じ気持ちだろう。

とは言え、役目を果たさなければいけない人間は、ブルーノを含めた上層部のみだ。

実際、連合軍を構成する大半の兵士達は、各々《おのおの》に割り当てられた天幕の中で休息中だった。

（いや、御子柴大公軍がルブア平原から引いた今は、休息こそが兵士達にとって最大の仕事だ。それで少しでも彼等の士気が回復してくれれば……）

ルブア平原の中程《なかほど》に設けられている連合軍の本陣全体を見れば、かなり弛緩《しかん》した空気が漂《ただよ》い始めていると言っていいだろう。

何しろ御子柴大公軍がルブア平原を去って七日、ブルーノは勝利を祝うという名目で兵士達に飲酒の許可を出しているのだから。

それはある意味致《いた》し方のない事ではあるのだろう。

苛酷《かこく》な戦場を生き抜いた兵士が欲《ほっ》するのは酒か女と相場は決まっている。

ましてや、御子柴大公軍との戦で将兵達の心はすでに限界まで追いつめられているのだ。

（連合軍の切り札と目されていた化外の民達は神の怒《いか》りに触《ふ》れたかの様に、敵軍と刃《やいば》を交える事も無く壊滅《かいめつ》させられたし、タルージャ王国が誇る猛将《もうしょう》ラウル・ジョルダーノは無名の騎士であるクリス・モーガンとの一騎討ちに敗れた……それによって我が軍の将兵が受けた衝撃はあまりにも大きい）

実際、連合軍の兵士達が武器を捨てて潰走《かいそう》したとしてもブルーノは驚《おどろ》かなかっただろう。

正直に言えば、良くぞ戦場に踏《ふ》みとどまってくれたと心から感謝しているくらいなのだ。

（本陣を襲撃された際に俺《おれ》が御子柴の手から生き残れたのも、正直運が良かった。護衛についてくれた兵士達の奮闘《ふんとう》が大きいだろう……）

それが偶然か必然だったのかはブルーノにも分からない。

化外の民の壊滅とラウルの戦死という二つの悲報を前にしても、彼等は抗戦《こうせん》の意思を捨てなかったのだから。

そして、そんな兵士達の忠誠と献身《けんしん》を労《ねぎら》う為なら、ブルーノは幾らでも酒樽《さかだる》を開けさせる。

もし可能ならば、女を宛《あて》がってやる事だって吝《やぶさ》かではない程だ。

たとえそれが軍紀に反するとしてもだ。

(それくらいの恩恵《おんけい》が無ければ、兵士達の士気は保てないだろうからな)

それに、ブルーノもただ闇雲《やみくも》に許可を出した訳ではない。

既に御子柴大公軍が城塞都市ジェルムクの防衛を完全に放棄《ほうき》して、このルブア平原より撤退している事を確認済みなのだ。

敵軍が近くに居ない事が確認済みであるのなら、多少軍紀を曲げたとしてもそれは総指揮官の権限の範疇《はんちゅう》だろう。

とは言え、好ましい判断ではない事もブルーノは理解している。

限りなく低いとはいえ、御子柴大公軍は再度奇襲《きしゅう》をかけてこないとは言い切れないのだから。

(あの男の策は、常にこちらの意表を突《つ》いてくるからな……)

そのおかげで、切り札の戦象部隊はその実力を一度も見せる事なく壊滅してしまった。

それを考えれば、一度戦場から離脱《りだつ》したと見せて、奇襲《きしゅう》を仕掛《しか》けてくるくらいの事をしてきても不思議ではないだろう。

勿論、その可能性が限りなく低い事はブルーノが一番よく理解している。

(あそこで御子柴が軍を引きローゼリアへ向かったのは、恐らく北から南下しているあの男の軍を警戒《けいかい》したからだろう)

そうでなければ、ブルーノをあそこまで追い詰《つ》めておきながら軍を引く必要などない。

ブルーノを討《う》ち取っても戦が終わらないという確信が無ければ出来ない判断だろう。

(そうなると、御子柴大公軍が再びルブア平原へ舞《ま》い戻る可能性は極《きわ》めて低くなる)

そこまで分かっていて、連合軍へ奇襲をかける意味が無いのだ。

ただ、絶対に無いとは言い切れないのも確かではあるのだ。

(有り得ないと俺が考える理由そのものが、あの男にとってはそれを選ぶ理由になり得る)

そんな一抹《いちまつ》の不安を拭《ぬぐ》いきれないのが、御子柴亮真という男を敵に回した怖さだろうか。

(斥候《せっこう》部隊を出して周辺の警戒は続けているからな……まず奇襲など無いだろうが……)

だがどれほど考え抜こうとも、答えなど見つからない。

結局、問題なのは落ちるところまで落ち込《こ》んだ連合軍将兵達の士気を回復させる為に、どこまでリスクを許容するかという点に尽きるのだ。

そして今のブルーノにとって、飲酒を許容するリスクと、奇襲を受けるリスクを天秤《てんびん》に掛けて前者を選択《せんたく》したのに過ぎない。

(まぁ、酒を振舞《ふるま》ってやったところで、たかが知れているだろうけれどもな)

一度下がった将兵の士気というのはそう簡単には回復しない。

今は酒の勢いで高揚《こうよう》してはいても、いざ戦闘《せんとう》状態になった際に、何処まで戦えるかは未知数なのだ。

それはまさに焼け石に水の様な物だろうか。

ブルーノは自嘲《じちょう》気味に笑う。

(だが……それでも、何も手を打たないよりはマシだ)

連合軍の将兵達にしてみれば、御子柴大公軍の撤退は思いがけない僥倖《ぎょうこう》でしかない。

あの戦況《せんきょう》を見て、自分達が勝利したのだと思うのはかなり難しいのだ。

だが、どの様な形であれ、御子柴大公軍は当初の攻略《こうりゃく》目標であった城塞都市ジェルムクの防衛を放棄し、西のローゼリア王国へと軍を撤退している。

それが仮に御子柴亮真の戦略であり、自発的に撤退したとしても事実は事実なのだから。

(そして、その事実は決して軽くはないだろう)

そう考えれば、連合軍の勝利と強弁出来なくもないのだ。

幾分《いくぶん》、言い張ったもの勝ちな気もするが、戦の勝敗とはそんなもの。

明白な勝ち負けがハッキリする様な戦の方が少ないのが現実だろう。

とは言え、それが虚構《きょこう》である事を、連合軍の兵士達は十分に理解している。

(兵士達の多くは高い教養を身につけていないかもしれないが、馬鹿ではないからな)

兵士達の多くは平民階級なので、知識や教養は確かに持ち合わせてはいないだろう。

しかし、彼等は知識が無い分、生き残る為の知恵《ちえ》に優れている。

特に空気を読み、状況《じょうきょう》を理解する能力は卓越《たくえつ》した物を持っているのだ。

それを考えれば、彼等を愚か者と侮《あなど》る人間の方が愚かだろう。

そんな彼等が、現実を認識《にんしき》出来ていない筈も無い。

あくまでも、ブルーノの言葉を信じ、そう思《おも》い込もうとしているだけの事だろう。

(だが、兵士達はそれでいい……)

嘘《うそ》も方便という様に、今一番大切なのは、兵達の戦意を保つ事なのだから。

真実を認識させ、戦意を失わせるくらいなら、虚構の中で夢を見せ戦意を高揚させた方が万倍も意味がある。

その為についた嘘なら兵法の内だろう。

(今の状況は余りにも危険だからな)

それもこれも、全てはこの後の為だ。

本国へ帰還《きかん》する前に、ブルーノにはやらなければならない大きな仕事が一つ残っている。

問題は、その大仕事がブリタニア王国とタルージャ王国の二国にとって、国の行く末を決定するものだという点だ。

その大仕事の前に、兵士達の士気を出来る限り回復しておきたいのは、連合軍の総指揮官として当然の判断だと言えるだろう。

士気が低下し戦意に乏《とぼ》しい兵士では、何か事が起こった際に身動きが取れないのだから。

(勿論、事前に今後の話は済んでいる……後は、正式に調印を交《か》わせばいいだけの筈だ……だが、正直油断は出来ない……何しろ相手は、あのアレクシス・デュランだ……）

南部諸王国で暮らす人間にとって、アレクシス・デュランの名は格別の意味を持っている。

その圧倒的《あっとうてき》な戦歴は敵国であるミスト王国の将軍でありながら、畏怖《いふ》と同時に一定の尊敬と敬意を向けられている様な存在なのだ。

特にブルーノにしてみれば、デュラン将軍は自分が見習い騎士《きし》になった頃《ころ》から戦場で名をあげて来た伝説の中の住人だと言えるだろう。

（俺程度では、あの男と渡り合うのは……）

ブルーノ自身、ブリタニア王国の鷲獅子騎士団《グリフォンナイツ》団長を務めあげる程の騎士であり、連合軍の総指揮官を命じられるほどの戦術家だ。

当然、南部諸王国で【人食い熊】の異名を知らない人間は居ない程の武名を持っている。

だが、そんなブルーノでも、アレクシス・デュランと比べればそんな武名も霞《かす》んでしまうというのが正直な評価だろう。

忌憚《きたん》のない言葉で言ってしまえば、役者が違《ちが》い過ぎるのだ。

だが、それが分かっていてもブルーノに抗《あらが》う術はない。

（今回の話は、デュラン将軍と我《わ》が国《くに》の宰相《さいしょう》が取り決めた話だからな。そして、その決定は国王の名の下に承認《しょうにん》されている）

勿論、ブルーノとしては一抹の不安を抱いているというのが本音だ。

（ミスト王国はエルネスグーラ王国を盟主とした四ヶ《か》国《こく》連合を形成していた。それを蹴《け》ってまで、何故《なぜ》我《わ》が国とタルージャに話を持ってきたのか?)

その疑問が解消されない限り、ブルーノとしてはどうしても諸手《もろて》を挙げて賛成とは言い難いだろう。

とは言え、国王から正式に命じられれば、ブルーノとしてもそれに拒否《きょひ》など出来る筈もない。

ブルーノはブリタニア王国に於いて軍部の重鎮《じゅうちん》として大きな発言力を持ってはいるが、国王の決定に異を唱えるには相当な覚悟《かくご》がいるだろう。

そして、だからこそブルーノは出来うる限りの手を打っておきたいのだ。

たとえそれが、勝ち目のない戦だとしてもだ。

「アッカルド将軍……北にミスト王国の旗が!」

その言葉に、ブルーノの顔が引《ひ》き締《し》まる。

それは待ちわびた客人の到来《とうらい》であり、言葉を使った外交という戦の始まりだ。

「分かった、直ぐに出迎《でむか》えの準備をする!」

そう言うと、ブルーノは替えの服を持ってくるようにと、傍に待機していた近習に命じる。

本来であればブリタニア王国の鷲獅子騎士団団長であり連合軍の総指揮官であるブルーノが、アレクシス・デュランを出迎える必要はない。

だが、今回の戦の絵図を描いたのはアレクシス・デュランだ。

ましてや、これよりミスト王国はブリタニアとタルージャの二ヶ国と連合を組み、盟主の座に座《すわ》る予定なのだ。

そんな盟主国の代理人を出迎えるのは、極めて自然な対応と言えるだろう。

(此処にラウルの奴《やつ》が居てくれれば……な)

そんな思いがブルーノの胸中を過る。

勿論、ラウル・ジョルダーノはタルージャ王国の将であり、ブルーノにとっては潜在的《せんざいてき》な敵でもある微妙《びみょう》な立場の存在ではあるのだが、同時に今回の戦で共に戦った仲間だ。

共に過ごした時間は短いが、ブルーノにとってラウルは戦友と言っていいだろう。

ましてや、これからブルーノが交渉《こうしょう》するべき相手の強大さを考えれば、ラウルの様な人間が傍にいてくれると思うだけでも大きな意味が有る。

(まぁ、所詮は繰《く》り言でしかない……か)

幾ら有能な戦友も既に死んでしまっていれば意味はないのだ。

そんな埒《らち》もない事を考えつつ、ブルーノは素早《すばや》く着替《きが》えを終えて姿見を確認する。

そして、ブルーノは素早く天幕を後にした。

新たな戦場へと赴《おもむ》く為に。


既に空は暗くなり、周囲は闇《やみ》の帳《とばり》に覆われていた。

森の中からは梟《ふくろう》の鳴き声が響《ひび》いてくる。

そんな中、城塞都市ジェルムクに入城したアレクシス・デュランは机の上に置かれたグラスを悠然《ゆうぜん》と傾《かたむ》けながら、氷に冷やされた琥珀《こはく》色の液体を堪能《たんのう》していた。

「一先《ひとま》ずは無事に終わったか……」

そんな言葉がデュラン将軍の口から零《こぼ》れた。

昼に行ったブルーノ・アッカルドとの会談で、既に諸々《もろもろ》の調整が必要だった事案に関しては既にケリがついている。

その結果、無事にミスト王国はブリタニア王国とタルージャ王国と連合を組む事になった。

デュラン将軍としては概《おおむ》ね及第点《きゅうだいてん》を超《こ》えたといったところだろうか。

そういう意味からすれば、目の前に置かれた酒瓶《さかびん》はまさに、勝利の美酒と言ってもよいかもしれないだろう。

とは言え、全てが想定通りの結果に終わった訳でもない。

いや、想定通りに進まなかったことの方が多いというのが事実だろうか。

(そう考えると、勝利の美酒どころかやけ酒と言った方が正しいかもしれないな)

そんな思いが脳裏を過り、デュラン将軍は苦笑いを浮かべた。

そして、再びグラスへと手を伸ばす。

酒精がデュラン将軍の喉《のど》を焼いた。

本来であれば、エンデシアから援軍《えんぐん》として派遣《はけん》されたデュラン将軍自身が、御子柴亮真の退路を断《た》ち、挟撃《きょうげき》する予定だったのだ。

だが、結果としてデュラン将軍が率いるミスト王国軍がルブア平原に到着《とうちゃく》する前に、御子柴大公軍は戦場を去ってしまった。

それも、大した被害《ひがい》もなくだ。

（しかしまさか、化外の民が率いる戦象部隊をあんな手段で排除《はいじょ》して除《の》けるとは……な）

それが、文法術による遠距離《えんきょり》からの攻撃《こうげき》であれば問題はなかったのだ。

少なくとも、デュラン将軍がそこまで気に病《や》む必要はないだろう。

しかし、火薬の様な物を地面に埋《う》めて爆発《ばくはつ》させようなどとは、流石のデュラン将軍も想定など出来なかった。

（いや……御子柴亮真は地球から召喚《しょうかん》された現代人だ。地雷《じらい》などから発想自体は出来ても不思議ではない……か）

勿論、如何に地球から召喚された現代人でも、敵軍を地雷で吹《ふ》き飛ばそうと発想出来る人間は限られるだろう。

知識として地雷という兵器の存在を知ってはいても、それを利用する状況など考えもしない人間の方が圧倒的に多いのだから。

道具は存在を知っていても意味はない。

重要なのは、実際にそれを利用する状況を想像する事なのだ。

それは言うなれば、スマートフォンに搭載《とうさい》されている機能を全て利用しているかという問いに似ている。

使ってみれば便利な機能でも、それを利用する自分自身をイメージ出来なければ、存在しないのと同じなのだから。

(しかし、それ以上に恐ろしいのは、その発想を実現する手段を御子柴亮真という男が持っているという事実だ)

発想の閃《ひらめ》きは確かに重要だ。

だが、それだけでは価値が無い。

重要なのは、発想よりも、それを実現出来るかどうかにかかってくる。

人はタイムマシンを頭の中で想像する事が出来るが、それを現実に作り出す事が出来るかどうかは全くの別の問題なのと同じだ。

(だが、御子柴亮真という男は、科学技術という概念《がいねん》が存在するかすらも怪《あや》しい、この大地世界で火薬に似た何かを作り出し、それを戦場で効果的に使用して見せた)

それは組織にとっても自らの優位性を脅《おびや》かされる事態と言えるだろう。

組織が保有する技術力に匹敵《ひってき》する程の力を、御子柴大公家が保有している事を示唆《しさ》しているのだから。

それだけでも、デュラン将軍にとって御子柴亮真という人間は警戒に値する。

だが、問題はそれだけではない。

(それに、まさか本陣《ほんじん》に切り込みブルーノに一太刀《ひとたち》浴びせるまで肉薄《にくはく》しておきながら、首を取る事なく撤退《てったい》して見せるとは……な)

その報告を聞いた時、デュラン将軍は思わず顔を顰めたものだ。

(勿論、単にタイミングの問題で撤退を優先したという可能性もない訳ではないが……もし計

算しての行動だとすれば、やはり御子柴亮真という男……相当な切れ者だな)

連合軍の総大将であり指揮官であるブルーノ・アッカルドにとって、ラウルの死は大きな失態となるだろう。

勿論、ラウルがクリス・モーガンとの一騎討《いっきう》ちに敗北し戦死する羽目になった責任は、当然の事ながらラウル自身の責任だ。

何しろ、ラウルは【烈火《れっか》】と恐れられた猛将なのだから。

武運拙《つたな》く戦場の露《つゆ》と化したとしても、ラウルの生死は彼自身の器量と才覚によって決まるのであって、他の誰《だれ》の所為でもない。

それが戦場という極限状態での絶対的な真実であり、責任だと言っていいだろう。

それは、戦いを生業とする者であれば当然弁《わきま》えているべき礼儀《れいぎ》であり覚悟だ。

そんな事はデュラン将軍も十分に理解しているし、それは今回の戦に参戦した将兵達《たち》の誰もが弁えている常識と言って良い。

しかし、国家としての視点で見た時、ラウル・ジョルダーノの死が、本人の責任であると認める事はかなり難しいだろう。

(問題なのは、ブルーノがブリタニア王国の将軍であるのに対して、ラウルはタルージャ王国の将軍だという点だ)

確かに、今後ブリタニア王国とタルージャ王国はオーウェン新国王の下で同盟を組む事になっている。

それは両国が同盟を結ぶという事を意味しているのだが、だからと言って過去の因縁《いんねん》が全て清算されるというわけではないのだ。

(何しろ、両国の紛争《ふんそう》の歴史は長く、その中で積もり積もって来た憎《にく》しみと敵意は一朝一夕《いっちょういっせき》で解決出来るほど甘くはないからな)

勿論、表面上は手を握《にぎ》り、友好的な素振《そぶ》りを見せるだろう。

両国は様々な思惑《おもわく》と計算から三ヶ国連合に参加する事を決めたのだから。

しかし、その裏で両国は互《たが》いに相手の国の戦力を削《そ》ごうと、機会を虎視眈々《こしたんたん》と狙っている。

(人の心とはそんなに簡単に割り切れる訳ではないからな)

人は恩を簡単に忘れてしまうが、仇《あだ》はそう簡単に忘れないものだ。

国家もまた、それと同じ事だ。

(それに。そういった歴史的背景を抜きにしても、タルージャ王国は出来得る限りブリタニア王国の足を引っ張ろうとするだろう)

何しろ、国を代表する様な将軍が戦死したのだ。

それは確実にタルージャ王国の軍事力を低下させる。

その事実を前にして、タルージャ王国の為政者《いせいしゃ》はブリタニア王国に対して責任を求めないだろうか。

(それこそ、ブルーノが意図的にラウルを戦死させたとも言いだす可能性だって低くはないだろうな)

仮にそうなった場合、ブルーノの抗弁《こうべん》はあまり意味を持たない。

ブルーノがラウルの死の責任を認めればそれを声高《こわだか》に責めたて、仮にブルーノが責任を認めなければ総大将のくせに無責任だと詰《なじ》るだろう。

タルージャ王国側は真実を追求したいのではなく、ラウルの戦死の責任をブルーノとブリタニア王国に被《かぶ》せて、今後の交渉を有利に進めたいだけなのだから。

(それに、抑々《そもそも》として、ラウル・ジョルダーノが討ち取られたという事実は、ブルーノとしても言い訳がしにくいだろうからな)

何しろ、ブルーノが率いていた連合軍の総兵力は十万を超えていたのだ。

それに比べて四万程度の兵力しか持たない御子柴大公軍に副将を討ち取られたとなれば、意図的にラウルを謀殺《ぼうさつ》したと言われても反論は難しい。

それを無理に抗弁しようとすれば、今度はブルーノの采配《さいはい》そのものに疑問符《ぎもんふ》が付きかねないだろう。

(問題は、そんなタルージャに対してブリタニアがどう出るかだが……タルージャ王国側の要求を受け入れブルーノを切り捨てるか、ブルーノを守る為にタルージャへ何らかの補償を行うか……その何方《どちら》かだろうな)

何方を選ぶかはブリタニア王国の国王とその側近達の思惑《おもわく》次第《しだい》だろう。

だが、何方を選ぼうと結末は変わらない。

(前者を選べば、国を代表する将軍を失い、後者を選べば国力を低下させてしまうだろう)

その結果、ブリタニア王国とタルージャ王国は、更《さら》に互いを敵視し憎み合う事になる。

それもこれも、御子柴亮真がブルーノを討ち取らなかったからこそ起こった事態。

(もしブルーノが御子柴亮真の手で討ち取られていれば、両国は御子柴大公家を敵と認識し、手を取り合った可能性も有ったのだからな)

それはまさに神算鬼謀《しんさんきぼう》というより他に言葉はないだろう。

だが、それを理解していても、デュランの顔には笑《え》みが浮かんでいた。

「まぁ良い……私が命じられた役目は果たしたのだ。後はあの方のご判断に委ねるとしよう」

そう小さく呟《つぶや》くと、アレクシス・デュランはグラスに手を伸ばし一息に呷《あお》った。

そして、ルブア平原でアレクシス・デュランとブルーノ・アッカルドが会合してから二日が過ぎた。


その日、ローゼリア王国の国王であるラディーネ・ローゼリアヌスは、普段《ふだん》と変わらぬ朝を迎《むか》えていた。

しかし、それも正午ごろに訪《おとず》れた来客によって一変してしまう。

執務室《しつむしつ》で何時《いつ》もの様に官僚《かんりょう》たちから上げられた書類を確認《かくにん》していたラディーネは、エレナ・シュタイナーより一枚の書状を手渡《てわた》された。

そして、その書状に最後まで目を通した瞬間《しゅんかん》、ラディーネは目の前が闇に覆《おお》われ息が止まるのを感じる。

それほどまでに、ラディーネに手渡された書状の内容は衝撃的《しょうげきてき》だったのだ。

ラディーネは胸に手を当てながら大きく深呼吸する。

二度三度と深呼吸を繰り返すラディーネ。

そうでもしなければ、ラディーネの呼吸は本当に止まりかねなかったのだろう。

そんなラディーネを、エレナは心配そうに見つめる。

(無理もないわ……陛下にしてみればあの子が軍を撤退させるなんて想像もしていなかったでしょうから……ね)

だが、数奇《すうき》な運命に翻弄《ほんろう》された結果、ローゼリア王国の玉座に座る事となった若き女王は実に気丈《きじょう》だった。

呼吸を整えたラディーネは、読み終えた書状にもう一度目を向ける。

恐《おそ》らく、読み間違いや誤解が無いか確かめる為だろう。

そして、ラディーネは書状に記載《きさい》された内容を二度見直し、自分の認識に間違いがない事を確認すると、天を見上げて大きなため息をついた。

出来るだけ平静を保とうと努力しているのだろう。

しかし、その努力は残念な事にあまり成果はないらしい。

ラディーネの顔は固く強張《こわば》り、か細い肩《かた》は小刻みに震《ふる》えている。

それは、本能的な恐怖故だろうか。

「それでは、御子柴大公様はミスト王国より撤退されたというのですか？　あの方が戦に敗れ

たと？」

ラディーネは目の前に立つエレナに向かって徐《おもむろ》に尋《たず》ねた。

その声が震えて聞こえるのは、決してエレナの気の所為などではないだろう。

だが、そんなラディーネに対して、エレナはゆっくりと首を横に振《ふ》った。

「いいえ……報告に拠《よ》れば軍勢の被害は殆どないとの事です。確かに軍を引いたのは間違いないようですが、それをもって戦に敗れたとは言えないかと」

それは別にラディーネを安心させようという嘘ではない。

確かに、撤退という言葉だけで見れば、仮にその撤退戦を無事に切り抜け生き延びたとしても、勝利を得たとは言い難いだろう。

だが戦略的な見地から、軍の損耗《そんもう》を抑《おさ》える為に軍を引くという判断を下す事は少なく無いのだ。

(特に、今回の様な撤退戦の場合は……ね)

何しろ、書状に拠れば御子柴大公軍の将兵に殆ど被害は出ていない。

それに加えて、敵の副将であったラウル・ジョルダーノを討ち取るという戦果を上げているのだ。

結果的に、ローゼリア王国へ兵を引いたとはいえ、それをもって直《す》ぐに御子柴大公軍が敗北とは断じきれない。

(少なくとも戦争を継続《けいぞく》出来る状態での撤退まで、敗北というのは間違いでしょう……)

それは歴戦の将の偽《いつわ》らざる本音だ。

（ただ、事実はどうであれ、撤退という言葉を聞けば、大半の人間は敗北を想像してしまうのも無理からぬ事でしょうね）

常勝無敗にして救国の英雄《えいゆう》。

そんなイメージを持つ御子柴亮真が、ミスト王国より軍を撤退させるなどと想像していた人間は王城には存在しない。

それは、エレナを始め、ラディーネも宰相であるマクマスター伯爵《はくしゃく》も同じだろう。

今回、伊賀崎衆《いがさきしゅう》の手によってエレナの下に書状が届けられるまで、誰もが御子柴亮真という男の勝利を確信していた。

そしてそれは、御子柴亮真という男を忌《い》み嫌う貴族達にしても同じだ。

確かに、彼等《かれ》は口々に亮真の敗北を願いはしていた。

だが、それが実現するなどとは露ほどにも考えてはいなかった筈《はず》だ。

それほどまでに、御子柴亮真という男が積み重ねてきた勝利は劇的であり、多くの人々がその功績を認めてきたのだから。

とは言え、百戦錬磨《ひゃくせんれんま》のエレナは、常勝無敗という言葉が所詮《しょせん》は幻想《げんそう》でしかない事を身に染《し》みて理解してもいた。

（如何《いか》に戦の神だの軍神だのと周りから持て囃《はや》されようとも、所詮は人だもの……ね）

実際、エレナの戦友の一人であるアリオス・ベルハレスは【守護神】と謳《うた》われたほどの名将だが、先年に行われたオルトメア帝国《ていこく》のザルーダ侵攻《しんこう》に際して、壮絶《そうぜつ》な討ち死《じ》にをしている。

また、【ローゼリア王国の白き軍神】の異名を持つエレナ自身も、常勝無敗と呼ばれているが、その百を超える戦歴の中には微妙なものも含《ふく》まれているのだ。

勿論《もちろん》、エレナは敗北を勝利と偽った事はない。

だが、明確に勝利と言い切れるか微妙な戦がない訳ではないのだから。

とは言え、エレナもそんな不都合な事実を声高に口に出そうとは考えていない。

いや、常勝無敗という言葉が持つ影響力《えいきょうりょく》を考えれば、そう簡単に否定など出来る筈もないのだろう。

それに、エレナは常勝とは言い切れずとも無敗ではあるのは事実なのだ。

少なくとも、エレナ・シュタイナーが軍勢の大半を失って命からがら戦場を後にした事など一度としてない。

(そもそもとして、戦の勝敗がそこまで明確につく状態というのはかなり珍《めずら》しいものね)

敵の総大将を討ち取って勝利を掴《つか》むなどそうある事ではないのだ。

大抵は、千日手の様に睨《にら》み合いを続け、補給の関係から自然と物別れとなるのが殆どだろう。

そんなエレナの説明を聞き、ラディーネは小さく頷《うなず》く。

先ほどまでの震えが止まったところから見て、エレナの説明に納得《なっとく》したのだろう。

「つまり、御子柴大公様がご自身の判断で撤退を選ばれたという事なのね……確かに、兵の損耗もほとんどない様だし、敗北とは言い難《がた》いのかしら……でも、フィリップ陛下が崩御《ほうぎょ》され新国王であるオーウェン陛下が、四ヶ国連合を維持《いじ》するかどうか不透明《ふとうめい》となると……」

そんなラディーネの呟きを聞き、エレナは微笑《ほほえ》みを浮かべた。

それは、我が子の成長を見守る母親の笑みだ。

（もっと狼狽《ろうばい》されるかと思ったけれども、思った以上に冷静ね。それに、状況分析《じょうきょうぶんせき》もかなり正確だわ。軍事的な教育はまだ受けていなかったと思ったけれども……）

ラディーネは先王であるファルスト二世が平民に産ませた庶子《しょし》だ。

それも、先のローゼリア内乱でフリオ・ゲルハルトがルピスの対抗馬《たいこうば》として担《かつ》ぎだすまで、市井《しせい》で暮らしてきており、王族としての教育は受けていない。

当然、ルピスとは違い、戦に関しての知識も皆無《かいむ》だ。

（でも、この方は自らの知識が足りない事を知っておられる）

だからこそ、ラディーネは人の話を聞き、その内容を理解しようとするのだ。

それは、一国の王に相応《ふさわ》しい器量と言えるだろう。

そして、そんなエレナの胸中を知る事も無く、ラディーネは躊躇《ためら》いがちに口を開く。

「それで……私はどうしたら良いのかしら？　私は御子柴様の下へ増援《ぞうえん》を送るべきだと思うのだけれども……」

ルブア平原で行われた戦の勝敗がどうであれ、ミスト王国の南半分が離反《りはん》したかもしれないとなれば、早急《さっきゅう》な対策を求められるのは当然の事だ。

それは極めて当然の質問だろう。

しかし、そんなラディーネの問いに、エレナは首を横に振った。

「いえ、それはまだ早いかと。少なくともあの子の考えを聞いてからの方が良いと思います」

その言葉にラディーネは軽く首を傾《かし》げて見せる。

そして、躊躇いながら自分の考えを口にした。

「そう……エレナは、あの方がミスト王国への再遠征《えんせい》をしないと考えているのね」

「はい……今の段階ではミスト王国の動向が不透明すぎますから……それに、今ミスト王国への再遠征を行えば、本来の目的であるザルーダ王国への救援《きゅうえん》が更に遅《おく》れる事になります。ユリアヌス陛下が病床《びょうしょう》に倒《たお》れている状況で、それはかなり危険な賭《か》けになるでしょう。勿論、何《いず》れミスト王国へ軍を派遣しなければならないでしょうが……恐らくは、ミスト王国の情勢が分かるまでは、エルネスグーラ王国を動かす事に専念するのではないかと思います」

勿論、エレナも確信がある訳ではない。

しかし、エルネスグーラ王国の動向が戦の趨勢《すうせい》を左右する重要な要因である事はエレナも理解している。

そして、そんなエレナの言葉にラディーネは深く頷いた。

「成程《なるほど》……では、このまま御子柴様に全権をお任せすると書状を出す事にします……その方が、あの方も動きやすいでしょうから」

その予想もしなかったラディーネの言葉を聞き、エレナは軽く目を見開いて驚きを露《あらわ》にした。

実際それは、エレナにしては実に珍しい反応だろう。

（思い付き？　それとも覚悟があっての言葉なの？）

勿論、ルブア平原から撤退する事を決断した御子柴亮真にとって、国王であるラディーネの支持は大きな意味と価値を持つ。

亮真の判断が正しかったのだと、ラディーネが認め、変わらぬ信頼《しんらい》を寄せている証拠《しょうこ》となるのだ。

それは、御子柴亮真にとって間違いなく大きな援護《えんご》射撃《しゃげき》となるだろう。

この先行きを見通せない状況下に於《お》いて、第三者の横やりで選択肢《せんたくし》を縛《しば》られること程《ほど》、亮真が対処に困る事は無いのだから。

（それに、あの子の撤退を敗北だと言い立て論《あげつら》う貴族達の口を塞《ふさ》ぐ事も出来るでしょうし）

国王の支持にはそれくらいの意味と力が有る。

そういう意味からすれば、ラディーネの決断はまさに珠玉《しゅぎょく》の一手だろう。

（しかし、ラディーネが玉座を維持するという観点で考えれば悪手でしかないでしょう）

何れ行うにしても、もう少し状況が見通せてからと考えるのが普通《ふつう》だ。

少なくとも、ルピス・ローゼリアヌスにその決断は不可能だろう。

（いいえ……恐らくルピスが国王だったならば、あの子を更迭《こうてつ》する事を考えたでしょうね。少なくとも擁護《ようご》しようなどとは絶対しないでしょう）

その方が危険も少なく済むし、何よりも楽なのだ。

「宜《よろ》しいのですか？　その話が貴族達に漏《も》れた場合、相当に強い反発を買う可能性が有りますが」

そう言うと、エレナは心底を見透《みす》かす様な鋭《するど》い視線をラディーネへ向けた。

その目は、ラディーネに対して、御子柴亮真と生死を共にする覚悟があるのかと問い掛けている。

しかし、そんなエレナの問いに対して、ラディーネは悠然と微笑んで見せた。

「戦場で戦う術を知らない私に出来るのは、それくらいしかありませんから……」

そんなラディーネの言葉を聞き、エレナは小さく頷く。

それは力のない国王が今現状で出来る精一杯《せいいっぱい》の誠意であり覚悟の表明。

どうやらこの年端《としは》も行かない少女は、御子柴亮真にこのローゼリア王国と自分の命を託《たく》す覚悟をしているらしい。

それは、一国を背負う国王として十分な器量をラディーネが持っている事の証だろう。

(皮肉な物ね……王族として教育を受けたルピスには無かったものを、この方がお持ちだなんて)

そんな思いがエレナの脳裏に浮かんだ。

「分かりました。宰相であるマクマスターには私の方から話をしておきます」

「ええ、お願いします」

その言葉にラディーネが小さく頷いた。

そんなラディーネに対してエレナは改めて深々と一礼する。

この国の真なる王に精一杯の敬意を示す為《ため》に。

第四章　次なる一手

青白い月明りが窓の外から差し込んでくる。

空に浮《う》かぶ月は真円を描《えが》き、大地を照らし続けていた。

それはまさに、この残酷《ざんこく》な世界を照らす道標《みちしるべ》。

だが、どれ程見事な満月であっても、その効能には限界があるのだろう。

残念な事に、夜の闇の中を進む旅人に道を指し示す事は出来ても、この部屋の主である青年の様に己《おのれ》が進むべき道に迷った人間の道標となる事は出来ないらしい。

青年の名は御子《みこ》柴亮真《しばりょうま》。

それは、自らの進むべき道を探す憐《あわ》れな若き覇王《はおう》の名だ。

部屋の中に響くのは亮真の呼吸の音だけだ。

修練室の中央に敷《し》かれた敷物《しきもの》の上で、亮真は結跏趺坐《けっかふざ》をしたまま瞑想《めいそう》を続けていた。

目の前に置かれた蝋燭《ろうそく》の火が妖《あや》しく揺《ゆ》れる。

一定のリズムで呼吸を刻みながら、亮真は思考の海の中を漂い続けていた。

それは仙道《せんどう》で言うところの調息にも似ている。

だが、亮真は別に解脱《げだつ》や悟《さと》りを求めている訳ではないし、自らの精神修養を行っている訳でもない。

亮真の目的は、今回の戦に関しての分析《ぶんせき》と検証、そしてこの状況を打開しうる次の一手を見つける事だ。

そして、その一手を見つける事が困難である事も亮真は分かっていた。

(だが、見つけるしかない……)

それもこれも、自らの胸の奥《おく》から湧《わ》き上がる怒《いか》りと後悔《こうかい》という負の感情を抑え、活路を見出《みいだ》す為。

その為に必要なのは、共に方策を相談する事の出来る仲間や家臣ではない。

ただ静かに思考を巡《めぐ》らせる事の出来る静寂《せいじゃく》だけが今の亮真には必要だったのだ。

だからこそ、自らが最も信頼を寄せる双子《ふたご》の姉妹《しまい》まで修練室の外に待機させているのだから。

そんな亮真を、唯一傍《ゆいいつかたわ》らに置かれた愛刀である鬼哭《きこく》だけが無言のまま見守り続けている。

鬼哭に出来るのは自らの主が進むべき道を見出すのを、ただ待つ事だけなのだから。

ルブア平原の戦いから十日が過ぎていた。

此処《ここ》はローゼリア王国南部の中心地である城塞《じょうさい》都市イラクリオン。

ローゼリア王国領内でも屈指《くっし》の穀倉地帯である南部一帯の防衛を担《にな》う要。

城塞都市としてはローゼリア王国内でも屈指の規模を誇《ほこ》る。

だからこそ、今なお四万を超える兵力を誇る御子柴大公軍も城内に収容出来た。

ましてや、この城塞都市イラクリオンは、御子柴亮真にとって忘れようとしても忘れられない因縁の地だ。

(嘗《かつ》てはゲルハルト子爵《ししゃく》家の本拠地《ほんきょち》であり、今はローゼリアヌス王家の直轄領《ちょっかつりょう》……そして、その原因を作ったのはこの俺《おれ》自身……皮肉なもんだな……まさか、こんな形でこの城に入城する事になるなんてな)

そんな考えが亮真の脳裏《のうり》を過る。

ルブア平原から西へと向かって退却《たいきゃく》した亮真にとって、国境から最も近く四万を超える軍勢を収容する事が出来るほどの規模を誇る拠点《きょてん》となると、この城塞都市イラクリオンしかなかったのだ。

(しかし、王家直轄領のままになっていたのは運が良かったぜ)

ローゼリア王国に於ける御子柴大公家の立ち位置はかなり複雑だ。

確かに、御子柴大公家はローゼリアヌス王家から爵位《しゃくい》を与《あた》えられた貴族家ではある。

だが、国王であったルピス・ローゼリアヌスを武力で打ち倒し、新国王であるラディーネ・ローゼリアヌスを玉座に座らせた立役者でもあるのだ。

ローゼリア王国の臣下である事は間違《まちが》いないが、その権勢は国王であるラディーネをも凌《しの》ぐほどだろう。

勿論、亮真は別に嘗てのゲルハルト子爵の様に、国王を蔑《ないがし》ろにして私利私欲を恣《ほしいまま》にしている訳ではない。

いや、それどころか、亮真ほどこのローゼリア王国の為に身を削《けず》っている貴族など存在しないと言っていいだろう。

何しろ、本来であればローゼリア王国全体で担うべき四ヶ国連合として果たすべき援軍の責務を御子柴大公家が単独で負っているのだ。

勿論、ローゼリア王国内の不安定な情勢を考えれば、それが最善《ベスト》な選択《せんたく》であるのは間違いないだろう。

(エレナさんを動かせない以上、他に選択肢は無いからな)

兵を率いる将ならばローゼリア王国にも人材は居る。

だが、将を率いる将となるとそうは居ないのが現実だ。

ましてや、国家の存亡を担える程となると、エレナを除けば亮真自身が赴くしか選択肢が残らない。

だからこそ、亮真は自らの私兵である御子柴大公軍を率いてミスト王国へと援軍に向かう事を選んだのだ。

これほどの忠義に篤《あつ》い臣下は他に居ないだろう。

文字通り救国の英雄にして忠臣の鑑《かがみ》と言って良い。

だが、ローゼリア王国に存在する大半の貴族達からすれば、御子柴亮真という男は忠臣どころか逆賊《ぎゃくぞく》でしかない。

百歩譲《ゆず》っても、身《み》の程を弁えない成り上がり者だ。

特に、既得《きとく》権益を奪《うば》われた貴族家の中には御子柴大公家へ強い敵意と憎悪《ぞうお》を抱《いだ》いている者が多い。

そんな人間がイラクリオンに突如《とつじょ》軍勢を率いてやってきたとなれば、彼等はどう動くか。

(少なくとも、諸手を挙げて受け入れるというのは難しいだろうな)

敵対は流石《さすが》にしないだろう。

だが、受け入れ態勢を整える為や、王都からの指示を待つだのと様々な理由を付けて御子柴大公軍の駐留《ちゆうりゆう》を拒《こば》んだ筈だ。

彼等にしてみれば、正式な手順を踏《ふ》めと要求するだけで、憎い敵へ嫌《いや》がらせが出来るのだから、そんな絶好の機会を逃《のが》す筈もない。

(そうなれば最悪、エレナさんかラディーネ陛下に一筆書いて貰《もら》わなきゃならない羽目になっただろうからな)

ただ、それは正直に言って避《さ》けたい事態だ。

(かなりの強行軍で退却したからな。出来れば安全な城壁《じようへき》の中で体を休めさせてやりたい)

勿論、兵士達の大半は練兵場などに設けられた天幕での寝《ね》泊《と》まりではある。

如何に城塞都市イラクリオンでも、四万もの客人を収容出来るほどの空き部屋は無いのだ。

そういう意味で言えば、イラクリオンの城内だろうと、郊外《こうがい》だろうと大差はないように思えるだろう。

だが、兵士達の心理としては大きな差が出てくる。

(城壁に守られていると思うだけでも、安心出来るからな)

特に、今回の退却はかなりイレギュラーだ。

敗戦とは言わなくとも、勝利を得たとも言えない中途半端《ちゅうとはんぱ》な状況《じょうきょう》。

御子柴大公家の兵士達は精兵であり表面的には大きな動揺《どうよう》を見せてはいないが、その心の中には様々な感情が渦《うず》巻いている事だろう。

そういった状況では、温かい食事と安全な寝床《ねどこ》の確保が急務となる。

それらの不要な手間を省くことが出来たのは、偏《ひとえ》にこの城塞都市イラクリオンが王家直轄領となっていたからに他ならない。

（どこかの貴族家の領地となっていたら、間違いなく面倒《めんどう》くさい事になっていただろうからな）

それこそ、ルピス女王が臣下の忠誠を得る為に、イラクリオンを恩賞として与えていた可能性も有ったのだ。

いや、その可能性の方が高かったと見て良い。

ローゼリア王国南部の要であり王国最大級の穀倉地帯である城塞都市イラクリオンを与えるというのは、貴族達の最上位に据《す》える事を意味すると共に、ルピス・ローゼリアヌスが最も信頼している家臣であると国内に宣言する事にも等しい。

城塞都市イラクリオンを領地として与えられるかもしれないとなれば、大半の貴族はルピス・ローゼリアヌスに対して、餌《えさ》をちらつかされた犬の如く盛《さか》んに尻尾《しっぽ》を振った筈だ。

それは、貴族派の内乱を鎮圧《ちんあつ》し玉座に座ったとはいえ、立場的に不安定なルピスにしてみれば甘《あま》い誘惑《ゆうわく》に見えた事だろう。

しかし、結果的にルピスはイラクリオンを王家直轄領とした。

（恐らくメルティナが、折角削《せっかくけず》った貴族達に力を与える事になるのを嫌《きら》って、ルピスを説得したのだろうな）

当時、ミハイル・バナーシュは蟄居謹慎《ちっきょきんしん》の身であり、助言出来る立場にはいない以上、残された可能性はもう一人の腹心であるメルティナ・レクターしかいない。

（まぁ、あの脳筋女にしては悪くない判断だと言えるだろうな）

勿論、その判断を英断とは言わない。

しかし、テストで言えば満点とはいかないが、平均点は超えているといった所だろうか。

（そもそも、イラクリオンは王都ピレウスからかなり距離《きょり》が離《はな》れている所為《せい》で、王家の威光《いこう》が届きにくいからな……）

イラクリオンを誰に与えるにせよ、その貴族家の動向をルピス達が監視《かんし》し続けるのはかなり難しいだろう。

だが、監視しなければ第二のフリオ・ゲルハルトを生み出しかねないのだ。

そういう意味からすれば、イラクリオンを王家直轄領のままとした判断は正しいと言えなくも無いのだ。

（だが、その正しさも、一回限りでは意味が無い。恩賞として貴族に与えようが、ルピス女王が王家直轄領として保持しようが、統治という意味で生じる手間はそう変わらないからな。大切なのはイラクリオンを王家直轄領として誰がどう統治するかだ）

王家直轄領とするという事は、必然的に現地でルピスの代わりにイラクリオンを統治する人間を派遣しなければならないという事に他ならない。

それを避けるのであれば、ルピス自身が王都ピレウスを離れてイラクリオンで執政《しっせい》を行うしかないが、そんな事はまず不可能。

(必然的に、誰か信頼出来る人間に統治を委任するしかない)

だが、人間の選定はかなり難しいだろう。

(特にあのルピス・ローゼリアヌスという女にとって、信頼出来る人間はミハイル・バナーシユとメルティナ・レクターの二人だけだったからな)

苦楽を共にした股肱之臣《ここうのしん》なのだから、当然と言えば当然ではあるだろう。

最も信頼する臣下というだけならば、何も問題は無かったのだ。

だが、あの二人以外を信じないとなると話は大分変わってきてしまう。

(あの女も周囲に悟られないように注意はしていたようだが……な)

それは、上に立つ身分の人間にとって当然の配慮《はいりょ》だ。

上に立つ立場の人間が依怙贔屓《えこひいき》をすれば組織は必ず歪《ゆが》み、機能不全を起こすものなのだから。

それをルピスが理解していなかった訳はない。

だが、それを理解していても人の心はままならない物。

そして、普段の行動は時に言葉以上に物事を雄弁《ゆうべん》に語るのだ。

実際、ルピスの心理はイラクリオンの統治の仕方に良くあらわれていると言っていいだろう。

（ルピスが王都から派遣した代官もそれなりに頑張《がんば》ってはいたようだが……現状維持すらも出来ていないようだからな。まぁ、農地を広げるのにも一々王都まで許可を取る為に伝令を走らせるようなことをしていれば当然だろうな）

それはある意味、ルピスの立場で考えれば当然なのかもしれない。

何しろ当時は、内乱が終結した直後の混迷期《こんめい》。

王都より遠く離れたイラクリオンで勝手な統治をされては堪《たま》らないと考えるのは、為政者として当然ではあるのだ。

（だが、やり方があまりにも悪すぎる……）

何事も上司の決裁を仰《あお》がなければ進めない状態。

ましてや、此処は通信手段が限られている大地世界《アース》なのだ。

電話一本で上司に連絡《れんらく》が取れる日本とは訳が違《ちが》う。

必然的に、イラクリオンの繁栄《はんえい》には陰《かげ》りが見え始めている。

（それに、イラクリオン周辺には貴族派に属していた貴族達も多いからな。そんな連中が、ルピスに唯々《いい》諾々《だくだく》と従う筈もない。ましてや、事ある毎《ごと》に王都へお伺《うかが》いを立てる様な代官なら舐《な》められて当然だ……）

収穫量《しゅうかくりょう》も前年と比べて徐々《じょじょ》に下降してきている上に、イラクリオン周辺の治安も悪化し始めていた。

亮真の脳裏に、一人の男の顔が浮かんだ。

男の名はエミディオ。

亮真がイラクリオンに入城した際に初めて顔を合わせたその男は、平民の出身でありながら、官僚として王宮に仕える秀才《しゅうさい》だ。

そして、その才能と貴族の紐付《ひもつ》きではないという理由で、ルピスからイラクリオンの代官を任じられた不幸な人間の名前でもある。

（誠実なのは見て取れる……先触《さきぶ》れを走らせていたとはいえ、数日で四万もの軍勢を受け入れて見せた手腕《しゅわん》から見ても、中々の切れ者なのは間違いないだろう）

些《いささ》か気弱なところが見え隠《かく》れするが、その欠点を除けば十分に有能な人材だと言っていい。

しかし、そんな優秀《ゆうしゅう》な人材がどれほど身を粉にして奮戦しようとも、エミディオの努力が実を結ぶ事は無いだろう。

（当たり前だ……やり方が間違っていれば、どれ程誠実に努力をしたところで成果など出る訳が無い）

大半の人間は努力をすれば報《むく》われると信じている。

そして、努力して結果が出なければ、努力など無価値なのだと断じてしまう。

（だが、それは大きな勘違《かんちが》いだ）

結果を出すのに努力という犠牲《ぎせい》が必要不可欠なのは間違いではないのだ。

ではなぜ、努力しても報われない事があるのか。

それは努力の方向性が間違っているからに他ならない。

ただ闇雲《やみくも》に、努力すれば良いのかと言われればそうではないのだ。

それは例えるならば、数学のテストで成果を出したい人間が、国語の教科書を読み漁《あさ》ってい
る様なモノだろうか。

或《ある》いは、野球選手になりたいのに、サッカーボールを買い、毎日リフティングの練習に明け
暮れる様なモノ。

勿論、そんな頓珍漢《とんちんかん》な事をする人間はまず居ない。

もし居ても、親や友人が指摘《してき》するだろう。

それは誰の目から見ても、努力する方向性が間違っていると明確に判断出来るからだ。

しかし、求めるものによって、努力の方向性が見えにくい場合がある。

或いは、複数の選択肢が提示される場合などもあるだろう。

(そして、場合によっては間違っていると分かっていても、改善出来ない場合も……な)

今のイラクリオンはまさにそれだ。

あれほど有能な人間であれば、今の状況でイラクリオンをまともに統治が出来ない事が理解
出来ていない訳が無い。

だが、なまじ有能であるが故に、本人の努力と献身《けんしん》で何とかしてしまっているのだ。

それが現状をさらに悪化させているという事実から目を背《そむ》けさせてしまうのだろう。

その先には破滅《はめつ》しかない事を理解していながら。

(愛国心に燃えるあの男には些か気の毒だがね。だが、エミディオがイラクリオンの代官だっ

たのは俺にとって幸運だったな)

だからこそ御子柴大公軍が足止めをされる事もなくイラクリオンに入城する事が出来たし、休息をとる事が出来たのだ。

男にとってすればイラクリオンの代官など貧乏《びんぼう》くじも良いところだろうが、亮真からすれば不幸中の幸いと言える。

それはまさに、禍福《かふく》は糾《あざな》える縄の如しといった所だろうか。

そんな事を考えつつ、亮真は今後の対応方針の確立に向けての思考を深めていく。

ルブア平原の戦いはあくまでも前哨戦《ぜんしょうせん》でしかないのだから。

(とりあえず、こちらの被害《ひがい》を最小限に抑える事が出来たのは良かった……それは、敵にとっても予想外の結果だった筈だからな)

アレクシス・デュランの内通を見抜《みぬ》き、ミスト王国軍が城塞都市ジェルムクへ到着《とうちゃく》する前に戦線から離脱《りだつ》したのはまさに英断だったのは間違いない。

それに加え、ブリタニアとタルージャの連合軍にも大きな痛手を与える事に成功もしている。

何しろ、連合軍の副将であるラウル・ジョルダーノを討《う》ち取り、総指揮官であるブルーノ・アッカルドの首を討つ直前まで押《お》し込《こ》んだのだ。

確かに、結果としてブルーノを討ち取れなかったのは事実ではあるのだが、彼の武名と威信《いしん》を大きく低下させたのは大きな戦果だと言えるだろう。

そしてそれは、この策謀《さくぼう》を巡らした誰《だれ》かにとって不本意な結末の筈だ。

（そういう意味からすれば、俺が早々に見切りをつけ、撤退《てったい》の判断をしたのは間違ってはいないだろう）

何しろ、ミスト王国の国王であるフィリップが急死しているのだ。

現時点では詳細《しょうさい》な経緯《けいい》が不明ではあるが、一国の首都が急襲《きゅうしゅう》され国王が死んだとなればただ事ではないだろう。

ましてや、後釜《あとがま》として玉座に座《すわ》ったのは異母弟であり宰相《さいしょう》として辣腕《らつわん》を振るっていたオーウェン・シュピーゲルその人であるとなれば、その背後に隠された真実を見極《みきわ》めるまでミスト王国を味方とみなすのはあまりにも危険だ。

（アレクシス・デュランがどのような立ち位置で今回の策謀に関わっているにせよ、新国王であるオーウェン・シュピーゲルと手を握っているのは間違いないだろうからな。あのまま、方針を変えずミスト王国の救援に固執《こしつ》すれば、俺達《おれたち》が全滅《ぜんめつ》した可能性もある）

もしそんな結果となれば、事態は最悪だ。

仮にもし、御子柴亮真が討たれでもすれば、全ては終わっていただろう。

運良く亮真が戦死しなかったとしても、御子柴大公軍に大きな損害が出ていれば、次の一手を考えるどころではなかった筈だ。

そして、御子柴大公軍が動けなくなれば、ミスト王国の救援は疎《おろ》か、今尚《いまなお》オルトメア帝国の侵略《しんりゃく》に抵抗《ていこう》しているザルーダ王国すらも救えなくなる。

（それは、ローゼリア王国、ザルーダ王国、エルネスグーラ王国の三ヶ国《かこく》にとって文字通り最悪の展開だ……)

それを避ける事が出来たのは、御子柴亮真の戦術眼が優《すぐ》れており、勝利に固執せずに引き際を弁《わきま》えていたが故と言えるだろう。

それは間違いなく名将の資質を持っている事の証だ。

少なくとも、戦場に赴《おもむ》いた経験を持ち、戦術や用兵について多少でも知識を持った人間であれば、大半は亮真の判断を正しいと判断するだろう。

しかし、世の中というのは時に、事実を捻《ね》じ曲げ貶《おとし》める。

特に、無知な庶民《しょみん》は英雄の功績を称賛《しょうさん》する一方で、時に無慈悲《むじひ》な程に掌《てのひら》を返して見せるものだ。

ましてや、御子柴亮真を嫌う貴族達《たち》にしてみれば絶好の機会でしかないだろう。

だが、幸いな事にその懸念《けねん》は避けられたらしい。

(最悪、遠征軍《えんせいぐん》の将を下ろされる事も考えられたが……エレナさん達から送られて来た手紙を見た限り、王都の空気は俺に対して思った以上に好意的な様だな)

実際、ローゼリア王国の現国王であるラディーネ女王とエレナ・シュタイナーからは労《ねぎら》いの手紙が既《すで》に届いている。

そしてその中には、引き続き全権を委任すると明記されていた。

それは、ラディーネが当初の方針を変えないと明言したのと同じ事だ。

(思った以上に腹の据わった方だ……もし国王がルピスなら間違いなくこちらを糾弾《きゅうだん》しようと

動いただろうからな）

少なくとも、亮真を王都ピレウスへ呼びつけ釈明《しゃくめい》を求めたに違いない。

たとえそれによって、次の一手を打つ機会を失うとしてもだ。

人は危機に直面した際に本性《ほんしょう》が出る。

今回の様な場合、王は軍を率いた将に全責任を求めたくなるものだ。

だが、ラディーネ・ローゼリアヌスは違った。

釈明を求めるどころか、ラディーネは今迄《まで》と変わらぬ信頼を寄せている。

（エレナさんとマクマスター伯爵が進言したんだろうが、それに従える度量をお持ちだったとはな……正直、嬉《うれ》しい誤算だ）

それはまさに上に立つ人間の器量の差だ。

（それに、貴族達の反応も悪くないというのも救いだな）

ローゼリア王国内の貴族達を監視する仕事を担っているシャーロット達からの報告でも、特に今回の亮真の判断に対して、貴族達に動揺や反発の色は見えないという報告が上がってきているのだ。

（シャーロット達の報告を全て鵜呑《うの》みにするのは危険だが、ゼレーフ伯爵からも同じ報告が来ているからな……まず九割方問題は無いだろう）

少なくとも、現時点においてローゼリア王国の貴族達の中で御子柴亮真の力量を疑問視し、良からぬ考えを抱く人間は居ないらしい。

（まぁ、今迄散々に脅《おど》してきたからな……そんな骨のある奴《やつ》は残っていない……か）

ゲルハルト子爵《ししやく》を始めとして、ローゼリア貴族の多くが御子柴亮真の手によって冥府《めいふ》への旅路に赴く事になったのだ。

今更《いまさら》、少しばかり戦況《せんきよう》が劣勢《れっせい》になったからと言って、亮真の実力を侮《あなど》り、ローゼリア王国の実権を握《にぎ》ろうとラディーネの政権に対して反旗を翻《ひるがえ》そうとする程、貴族達も愚《おろ》かではないらしい。

いや、劣勢というのも些か自虐《じぎやく》過ぎると言えなくもないのだ。

少なくとも、戦術的なレベルに於ける敵の目的は阻《はば》んだのだから。

ただ、そういう言い訳が可能なのも、全ては御子柴大公軍が大きな損害を出す事無くローゼリア王国へ撤退する事が出来たからに他ならないだろう。

（確かに、ミスト王国が分裂《ぶんれつ》した事で四ヶ国連合は有名無実に近い状態になった。だが今回の戦の推移から考えて、連中の狙《ねら》いが俺の首だった可能性はかなり高い。それを防げたという意味でも、敵の狙いを阻んだと言って良いだろうからな）

勿論、その分析が正しいかどうかは今の亮真には分からない。

自分の首を狙う為に国家間の戦争が引き起こされたなど、自意識過剰《かじよう》と言えばその通りかもしれないだろう。

しかし、城塞都市ジェルムクを包囲したまま動こうとしなかったブルーノ・アッカルドの狙いや、ミスト王国で起きた政変に加えて、急遽現役復帰《きゆうきよげんえき》したアレクシス・デュランの動きを総合すると、単にミスト王国の分裂を狙った策謀とは考え難いのだ。

(それよりも、俺の命をピンポイントで狙った誰かの策謀と考える方がしっくりくる)

そういう意味からすれば、勝利とは言い切れないかもしれないが、引き分けと言っても過言ではないだろう。

もし亮真の推測が合っているとすれば、敵の戦略的な目的は半分程度しか達成出来ていない事になるのだから。

いや、引退していたアレクシス・デュランの復活という離れ業《わざ》を使って仕《し》掛《か》けた策謀をほぼ無傷で切り抜《ぬ》けたという事実からすれば亮真の勝利と言っても過言ではないかもしれない。

少なくとも、そういう解釈《かいしゃく》が成立する余地はある。

そして、その事は亮真自身も理解していない訳ではなかった。

(言い訳は幾《いく》らでも出来る。それにその解釈が間違っているとは言い切れない)

少なくとも周囲に対しては、そういう事にしておきたいところではある。

事実がどうであれ、救国の英雄にして常勝無敗の戦上手という評価はそれだけの価値が有るのだから。

(だが、どう言い繕《つくろ》うとしても俺が敵の思惑《おもわく》に乗せられ危《あや》うく殺されそうになったのは事実だ。ルブア平原の戦いでは無事に撤退も出来た。総合的に見れば引き分けに近い状況にまで持ち込《こ》めはしたが……戦略的には俺の負けだ……な)

その事実が御子柴亮真の心に重く圧し掛《か》かってくる。

そして、それを意識した瞬間《しゅんかん》、亮真の口の中に錆《さ》びた鉄の様な味が広がった。

それはまさに、この大地世界に召喚《しょうかん》され、初めて味わう羽目になった敗北の味だ。

戦術的には確かに引き分けかそれ以上の結果ではあるだろう。

少なくとも、敵の策謀の完遂《かんすい》は阻む事が出来たのだから。

しかし、戦略的な視点で見れば明らかに御子柴亮真の負けなのだ。

何故なら、亮真の最終的な目的は、オルトメア帝国の脅威《きょうい》に晒《さら》されているザルーダ王国を救うことなのだから。

ブリタニアとタルージャ王国の連合軍に攻《せ》められたミスト王国への援軍派遣《えんぐんはけん》は、あくまでもザルーダ王国救援の為の布石でしかない。

そのザルーダ王国救援という目的の前段階で蹴躓《けつまず》いたのだ。

如何に言葉を尽《つ》くそうとも、その事実から目を背ける事は出来なかった。

そして今最も必要とされているのは、何故敗北という結果になったのか、その理由を究明する事だ。

(やはり最大の敗因は、俺が主導権を握れなかった事だろう……な)

御子柴亮真という人間は周囲から軍神だの戦神だのと呼ばれているが、本人の評価はそんな周囲の声に対して著《いちじる》しく低い。

御子柴亮真が今まで無敗を誇ってきたのは、日本という国で一定水準以上の知識を得る機会に恵《めぐ》まれただけの事なのだ。

その結果、政治や軍事に関しての様々な知識を会得《えとく》する事が出来た。

それは極端《きょくたん》な話、正解を事前に知っていただけの事に過ぎないとも言えるだろう。

勿論、過去の英雄達《えいゆうたち》が選択した膨大《ぼうだい》な正解の中から状況に合わせて適切に選び出したというのは、御子柴亮真の才覚ではある。

しかし、自らの才覚だけで常勝無敗を誇ったという訳ではないのもまた事実だ。

そして、何よりも重要なのは、亮真が勝利を積み重ねてこれた秘密。

(それは、常に敵の意表を突《つ》き、先手先手を打ってきたからに他ならない)

相手が準備出来ていない状況で攻撃《こうげき》を仕掛ける。

字面《じづら》だけ見れば卑怯《ひきょう》と誇《そし》られるかもしれないが、実戦に於いて敵の意表を突く事は何よりも重要な勝因なのだ。

いや、殆《ほとん》どの場合に於いて、敵の意表を突かずに勝敗が決する事など皆無と言いきって良いだろう。

それは街中で起こる喧嘩《けんか》も、国家間の戦争も基本は同じだ。

ただ、相手の意表を突くには事前の準備が必要になる。

それを理解しているからこそ、亮真は常に戦に於いて敵の意表を突き先手を取る事を意識してきたし、それを実行してきた。

だからこそ、無名の傭兵《ようへい》から大公にまで上り詰《つ》める事が出来たのだ。

(だが今回、俺は後手に回ってしまった……)

ザルーダ王国へオルトメア帝国《ていこく》が攻め込む事は予想が出来ていたが、このタイミングで侵攻《しんこう》を開始するとは想定していなかったし、ましてやミスト王国にブリタニアとタルージャ王国が連合して攻め込むなどとは予想もしていなかったのだ。

とは言え、それはある意味では致《いた》し方《かた》ない事ではあるだろう。

ウォルテニア半島に隣接《りんせつ》しているローゼリア王国の情報ならばいざ知らず、ミスト王国やザルーダ王国となれば情報の入手経路は限られてしまうし、仮に情報を入手したとしても亮真の下へその情報が齎《もたら》されるまでに一定のタイムラグが生じるのは否《いな》めない。

如何《いか》に伊賀崎衆《いがさきしゅう》やシモーヌ・クリストフが情報収集に励《はげ》んだとしても物理的に限界があるのだから。

(やはり、ミスト王国の半分が敵に回ったというのが痛いな)

西方大陸東部に広がる海の制海権を握るミスト王国が同盟国であれば、ザルーダ王国の戦況を考えるだけで済んだのだ。

ブリタニアとタルージャ王国が連合を組んだとしても、ミスト王国が味方であれば、ユリアヌス達を保護しローゼリア王国内にザルーダ王国の亡命政府を作るという選択肢を選ぶ事も出来たのだから。

勿論《もちろん》、それは最悪の可能性であり、亮真としてもなるべくならば選びたくない選択肢なのは間違いないだろう。

(亡命政府を作ったとしても、ザルーダ王国をオルトメアの占領《せんりょう》から解放するには、相当な時

間が必要になるだろうからな）

そして、祖国を解放しユリアヌス達がザルーダ王国へ帰還《きかん》する間、御子柴大公家は亡命政府に対して経済と軍事の両面で援助《えんじょ》し続ける必要が出てくる。

それは、如何に御子柴大公家が強大な経済力を保有しているとはいえ、軽くない負担となるだろう。

そういう意味でも、ユリアヌス達をザルーダ王国から連れ出すというのは、本当の意味で最後の手段なのだ。

ただ、実際にそれを選ぶかどうかはさておき、選べるという選択肢を残せるというのは戦略を考える上で重要な要素ではある。

選択肢を持つというのは、心理的にも大きな有利なのだから。

しかし、ミスト王国の南半分が両国と手を結んだ事により、状況は一変してしまった。

（リバーシで敵に角地を取られ、一気にひっくり返されたみたいだな）

そんな取り留めのない考えが脳裏を過り、思わず亮真の顔に苦笑いが浮かんだ。

西方大陸を盤《ばん》に見立てれば、ミスト王国はまさに角地に位置している。

そこを敵に取られたという事は、一気に形勢が変わったという点に於いて似ていると言ってよいだろう。

（唯一《ゆいいつ》の救いはリバーシと違って取り返す事が出来るという点だが……）

そういう言い方からすれば、角地に置かれた石が確定石と呼ばれ、絶対に敵に取られないリバーシよりも状況は幾分《いくぶん》マシと言えなくもない。

少なくとも、今後取り返せる可能性は残されているのだから。

(問題はこの後、どう動くか……だ)

だが、亮真は既にその答えを導き出していた。

ただでさえ、オルトメア帝国の方が国力は上なのだ。

それに加えて、ミスト王国が国土の南半分を喪《うしな》い、内戦に突入《とつにゅう》しようとしている状況。

この状況で、エルネスグーラ王国が動くまで守勢を貫《つらぬ》いたところで先はないだろう。

(守りに入る訳にはいかない……守りに入れば、何《いず》れ敵の物量に押し潰《つぶ》されるだけだ。ならば、此処は危険を承知で攻めに出るしかない！)

その瞬間、半眼だった亮真の目が見開かれた。

それは、覚悟《かくご》が決まった証。

そして、そんな覇王に対して愛刀は歓喜《かんき》の声を上げる。

再び、その刀身を血で染め上げる事を予感するかの様に。


翌日、亮真はマルフィスト姉妹を筆頭に、客将《かくしょう》であるエクレシアやクリスとレナードといった御子柴大公家を支える幹部達を執務室《しつむしつ》に呼び集めた。

勿論、その目的は今後の具体的な対応策を協議する為だ。

嘗て、この城塞都市イラクリオンを支配していたゲルハルト公爵の執務室だったこの煌《きら》びやかな部屋の中央には黒檀《こくたん》で造られた大きなテーブルが鎮座《ちんざ》しており、その上には西方大陸の東部から南東部までを拡大した地図が広げられている。

そんな中、御子柴亮真は自らの覚悟を話すと、大きく息を入れる。

そして、亮真はこの部屋に居る面々に視線を向けて尋《たず》ねた。

「方針は先ほど説明した通りだが、問題なのは今後具体的にどう動くかだ……是非《ぜひ》皆《みな》の忌憚《きたん》のない意見が欲しい」

既に攻勢《こうせい》に打って出るより他に道がない事は、この場に居る全員に伝えている。

そして、そんな亮真の方針に異論を挟《はさ》む人間はこの場には誰も居なかった。

それは別に、主君に追従しようという訳ではない。

詳細な状況説明を受けた結果、全員が亮真と同じ見解となったのだ。

何しろ、この場に居る誰もが優れた戦略眼と状況《じょうきょう》分析《ぶんせき》能力を持っている将なのだ。

そんな彼等《かれ》が同じ情報を分析している以上、結論もそう大きくは変わらないのだろう。

とは言え、具体的な方策を聞かれても妙案《みょうあん》など直《す》ぐには出ない。

重苦しい空気が部屋の中を支配する。

そんな中、クリスが徐《おもむろ》に口を開いた。

「今回、我々はイラクリオンへ軍を引きました。ですが、連合軍側にかなりの痛手を負わせたのは確かです。イラクリオンで物資を補給すれば、ミスト王国へ再度遠征《えんせい》する事も可能ではありませんか？」

しかし、そんなクリスの言葉にレナードが首を横に振《ふ》った。

「クリス殿《どの》の言われる通り、可能か不可能かで言えば可能ではあるでしょう。ただ、再度遠征するべきかどうかで言えば避けた方が良い。少なくとも今直ぐに動くべきではないでしょうな」

「それは、ミスト王国内の情勢がハッキリしないからですか？」

「はい……エクレシア様の仰《おっしゃ》られる様に、ミスト王国側の思惑が今一つはっきりとしません。この状況でミスト王国へ再度遠征するのは危険すぎるかと」

その言葉に、エクレシアが口を開いた。

「確かに……フィリップ伯父様《おじさま》が殺され、オーウェン宰相が新国王になったとはいえ、その後の動きが見えないわね」

「はい……それに、伊賀崎衆の報告ではジェルムクに連合軍が入城したとの事。そこから考えると、御屋形《おやかた》様が予想されたように、アレクシス・デュランが連合軍と初めから通じていたのはまず間違いないでしょう……ただ、その後のデュラン将軍に動きが見えないという点が不可解です。王都エンデシアに帰還後、動きを見せていません。普通《ふつう》に考えれば、ミスト王国の統一に向けて兵を動かすと思うのですが……」

「そうね……フルザードにいるカサンドラ様を警戒《けいかい》している可能性も有るけれど、確かに不気味だわ」

「エンデシア周辺の貴族達はデュラン将軍を信奉《しんぽう》しているので、オーウェン新国王にも忠誠を誓《ちか》っているようですが、国王暗殺の汚名《おめい》を着せられた北部の貴族達がこのまま黙《だま》っているとは思えません。先《ま》ずはエクレシア様よりフルザードのカサンドラ・ヘルナーへ書状を送り、状況を確かめてからの方が良いでしょう」

「そうね……それまでは、ミスト王国に兵を向けるべきではないでしょうね」

そう言うと、エクレシアはレナードに対して頷《うなず》いて見せる。

何しろ、今のミスト王国はリバーシの様に白石と黒石がハッキリと明示されている訳ではない。

言うなれば、誰が味方で誰が敵か判別出来ない状況なのだ。

その状況でミスト王国への再度の遠征《えんせい》はかなり危険を伴《ともな》うだろう。

そんな二人のやり取りを聞きながら、亮真は心の中で深く頷きつつも、もう一つの危険性について考えていた。

「確かに二人の言う事は正しい。だが、敵と味方しか存在しないと決めつけるのは少しばかり危険だな」

その言葉に、この場に居る誰もが驚《おどろ》いたような表情を浮かべた。

だが、直ぐに亮真の指摘した可能性を察し、顔が強張《こわば》る。

(怖《こわ》いのは、第三勢力に漁夫の利を攫《さら》われる事だ)

極端な話、白石と黒石しか存在しなかった筈《はず》の盤上《ばんじょう》に、何時《いつ》の間《ま》にか黄石や赤石が置かれている可能性だって考えられる。

いや、突然《とつぜん》黒石が白石に変わる事だってあり得ない訳ではないのだ。

(ゲームとは違い現実は複雑怪奇《ふくざつかいき》だ。味方のつもりで背中を見せた途端《とたん》に、脇腹《わきばら》にナイフをブスリと突き立てられないとも限らないからな)

敵と味方に簡単に区別する事は出来ないし、敵味方の関係が永遠不変でもない。

状況次第《じょうきょうしだい》で、味方が敵になる事も敵が味方になる事も考えられるだろう。

「そんな事態を避ける為《ため》には、今まで以上にミスト王国内部の情報収集に力を入れる必要がでてきますね……ですが、果たしてそれが可能でしょうか？　恐《おそ》らく実際に動くとなると伊賀崎衆かクリストフ商会を使う事になると思いますが、彼等の負荷《ふか》が上がり過ぎませんか？」

そう言うと、ローラが首を傾《かし》げる。

亮真に影《かげ》のように付き従うマルフィスト姉妹は、伊賀崎衆と接する機会も多い。

彼等が集める情報の精度を知っているだけに、今まで以上に伊賀崎衆の負荷を上げられるのか疑問に感じたのだ。

そしてそんなローラの懸念は正しい。

実際、その点に関しては亮真も憂慮《ゆうりょ》しているのだ。

(伊賀崎衆やクリストフ商会だけで対応するのは難しいだろう……少なくとも今の組織の規模では無理だろうな)

勿論、伊賀崎衆とシモーヌは不可能と言わないだろう。

何方《どちら》も、御子柴亮真という男に向ける忠義と献身には並々ならぬ物が有るのだから。

ましてや、今の御子柴大公家が置かれている苦境を知れば、彼等はどんな犠牲を払《はら》う羽目になったとしても、主君の命令を達成しようとする。

それは本来、喜ばしい事ではあるのだ。

何しろ、臣下が主家の為に身を粉にして働こうと言うのだから、褒《ほ》め称《たた》えこそすれ拒む理由は無いだろう。

(だが、それをさせてしまえば、将来間違いなく破綻《はたん》する時がくる。そしてそれは、既に構築済みの情報網《じょうほうもう》にまで影響《えいきょう》を及《およ》ぼす筈だ)

亮真が命じれば、彼等は文字通り身を削ってでも任務を果たそうとする。

自分達の処理能力を顧《かえり》みる事なく、我武者羅《がむしゃら》に働きつづけるのだ。

勿論、それが一時的であれば、緊急時《きんきゅう》の対処として有用ではある。

しかし、今回の様に恒久的《こうきゅうてき》な稼働《かどう》が必要になる事が分かっている以上、精神論での対処は逆に事態を悪化させかねない。

精神論は決して間違ってはいないが、やる気だけで物事を全て解決出来る訳が無いのだ。

(まぁ、対策としてはネルシオスさん達に頼《たの》んで、ウェザリアの囁《ささや》きの様な遠距離《えんきょり》用の通信手段を開発してもらうか、情報網の拡充《かくじゅう》くらいしか手が無いだろうな)

ただし、それはどちらも直ぐに解決出来る様な課題ではない。

数年後には解決出来るかもしれないが、今の亮真が直面している問題の解決手段とはなり得ないのだ。

「となれば、今ある手札でなんとかするしかない訳だが……さて、どうするか」

そう言うと、亮真は腕を組んで宙を見上げた。

そんな亮真に周囲の視線が注がれる。

現段階でとれる選択肢《せんたくし》は幾つか考えられるだろう。

問題は、どれも帯に短し襷《たすき》に長しというところだという点だ。

(選択肢として一つは、レナードの言う様に状況が見えるまで兵を動かさないという選択だ)

ただ、情報網が構築出来ていない今の状況では、様子見をしているうちに事態が手の施《ほどこ》しようもない程《ほど》悪化する可能性が出てきてしまう。

(それならば、デュラン将軍を排除《はいじょ》しミスト王国の統一を目指して積極的に介入《かいにゅう》するべきだろうか？　フルザードに駐留するカサンドラ・ヘルナーの動向が読めないのが気がかりだが、王家の血を引くエクレシアさんを旗頭《はたがしら》に据えれば名分は立つ。北部の貴族達をこちら側に引き入れる事も出来るだろう)

そうなれば、ミスト王国南部を掌握《しょうあく》しているアレクシス・デュランとも対等以上に戦う事が出来る筈だ。

少なくとも、主導権は亮真が取れるだろう。

しかし、亮真は直ぐにその考えを捨てた。

(だが、それを選べばミスト王国の戦況は間違《まちが》いなく悪化する……ケリがつくまで下手をすれば数年はかかりかねない……)

問題は、ザルーダ王国への本格的な救援《きゅうえん》が更《さら》に遠のくという点だ。

何しろ、ザルーダ王国は国の要である国王が病床《びょうしょう》に倒《たお》れて陣頭《じんとう》指揮を執《と》れない状況なのだ。

援軍《えんぐん》として派遣《はけん》したリオネ達の奮戦もあり、予想以上に戦況は優勢の様だが、それもいつまで維持《いじ》出来るかは不透明《ふとうめい》な状況だと言えるだろう。

それこそ、ザルーダ王国の貴族達がオルトメア帝国に雪崩《なだれ》を打って投降する事態だって考えられるのだから。

他国から攻め込まれているという危急存亡の事態に際して、最高権力者である国王が指揮を執れないという事実はあまりにも重い。

「やはりここは、本来の目的に立ち返り、ザルーダ王国への救援に力を入れるべきではありませんか？　オルトメア帝国が再侵攻を始めて既に数ヶ月が経《た》ちます。リオネさん達の奮戦で戦線は膠着《こうちゃく》状態の様ですが、それも何時まで持つか……出来れば、亮真様が軍を率いてザルーダへ向かう方が良いのではないでしょうか？」

会議が開始されてからずっと成り行きを見守っていたサーラの口から、そんな意見が放たれた。

その言葉に、エクレシアが思わず顔を顰《しか》める。

エクレシアにしてみれば、祖国であるミスト王国を見捨てると言われたように感じたのだろう。

だが、エクレシアもそれを口に出して問い詰める程、愚かではないらしい。

実際、サーラの提案は現状を打破する上で最も的確な提案と言えるのだから。

しかし、それを選ぶには大きな問題点が残るのも事実だ。

「確かに本来の目的はオルトメア帝国の再侵攻を食い止める事。そういう意味で言えば、俺《おれ》がザルーダ王国へ援軍に赴くのが一番の解決策だろう……だが、もし今それを選べば後背をデュラン将軍に突かれる事になりかねないからな……現実的には難しいだろう」

そう言うと亮真は顔を顰める。

勿論、エレナ・シュタイナーがローゼリア王国に残る以上、そうやすやすとローゼリア王国領を突破《とっぱ》出来るとは思えない。

(だが、何しろ敵はミスト王国が誇《ほこ》る三将軍の中でも最強と謳《うた》われたアレクシス・デュランだからな)

如何に【ローゼリアの白き軍神】の異名を持つエレナが迎《むか》え撃《う》つとはいえ、絶対に防衛線を突破されないとは言い切れないだろう。

とは言え、それはあくまでも可能性の話だ。

何しろ、デュラン将軍がザルーダ王国へ向かう亮真の後背を突くには、ミスト王国内の統一を一旦《いったん》切り上げ、ローゼリア王国へ攻め込むという選択肢を選ぶ必要があるのだから。

「まぁ、限りなく低い可能性ではあるだろうな……少なくとも、ミスト王国としての利益を考えれば悪手でしかない。不必要に戦線を拡大し、ローゼリア王国と本格的に敵対関係となるだけだからな……」

「そうね、それは私も同じ意見だわ」

亮真の言葉にエクレシアが同意すると、周りも小さく頷く。

（そうだ……常識的には有り得ない……だが……）

問題は、アレクシス・デュランという男の狙いがハッキリしない以上、あり得ないとは言い切れない点だ。

亮真が知る限り、アレクシス・デュランという男は権力を必要以上に求める野心家ではない。

少なくとも、亮真が以前に集めていた情報から分析《ぶんせき》した限りではそう判断出来る。

今回起きたミスト王国での政変も、単にデュラン将軍自身の出世欲や権力欲からの行動ではない可能性が高いのだ。

ただそうなると、デュラン将軍の行動は必ずしもミスト王国や新国王であるオーウェンの利益と合致《がっち》しない可能性が出てきてしまう。

それは、今後の対策を練る上で大きな障害となるだろう。

「それでは……此処《ここ》は当初の想定通りリオネ様には、ユリアヌス陛下と共にてローゼリア国内へ撤退して貰《もら》い、戦線の縮小を図《はか》るべきでしょうか？」

それは、亮真がリオネをザルーダ王国へ送り出す前に伝えた非常用の策だ。

しかし、ローラの提案に亮真は首を横に振った。

「いや……あれはあくまでもミスト王国が味方である場合の話だ。もし今の状況《じょうきょう》でザルーダ王国からリオネさん達を撤退させれば、オルトメア帝国はローゼリア王国にまで攻め寄せてきかねないだろう」

もしそうなれば、ローゼリア王国は西方大陸東部で東西と南の三方向を全て敵国に囲まれる形となってしまい、袋《ふくろ》の鼠《ねずみ》になりかねない。

そこから再び形勢を盛り返すというのは、かなり難しいだろう。

「それならば此処はやはりザルーダ王国へ増援《ぞうえん》を派遣し、エルネスグーラ王国が動くまで守勢で耐《た》えるというのは如何《いかが》ですか？」

クリスの口からそんな言葉が零《こぼ》れた。

だが、そんなクリスの言葉に亮真は首を横に振った。

「それは確かに悪くない……ただ、それを選ぶにはエルネスグーラ王国の参戦時期が不透明過ぎるな」

そんな亮真に対してエクレシアが口を開いた。

「確か、砂嵐《すなあらし》の多発と、物価の高騰《こうとう》で兵糧《ひょうろう》物資の調達が困難になっているという話だったわね？」

「ええ、先日送られてきた書状にはそう記載《きさい》されていました」

「それは本当なの？」

その問いに含《ふく》まれているのは、エルネスグーラ王国の女王であるグリンディエナ・エルネシャールへの不信だ。

実際、エクレシアがそんな疑問を抱《いだ》くのも無理からぬ事ではあるだろう。

四ヶ国連合の盟主として君臨するエルネスグーラ王国は未《いま》だにザルーダ王国へ軍を派遣する

様子を見せていないのだから。

（一応、理由は聞いているが……）

亮真の脳裏《のうり》には、ミスト王国へ遠征する前に届いたエルネスグーラ王国からの謝罪の書状の文面が浮《う》かんでいた。

エルネスグーラ王国が動かない理由は二つ。

一つは、時期的な問題。

二ヶ月ほど前から、エルネスグーラ王国の中央部に位置し、国土の十分の一近くを占《し》めるドーシュ砂漠《さばく》では砂嵐が多発する時季に入っているのだ。

二つ目の理由は、エルネスグーラ王国内での食料物資の異常な値上がり。

砂嵐が多発する時季なので、値上がりするのは例年通りなのだが、その値上がり具合が尋常《じんじょう》ではないという話なのだ。

それ自体は至極《しごく》真っ当な理由ではあるだろう。

（この時季にドーシュ砂漠は砂嵐が多発するのも本当だし、物資の値上がりも自然な事だ……）

亮真自身、地球への帰還方法を探し求めて、エルネスグーラ王国のミレイシュの街に隠遁《いんとん》していた法術の権威《けんい》であるアナマリアを尋ねた事があるので、ドーシュ砂漠の過酷《かこく》さは十分に理解している。

（あの時は砂嵐の時季ではなかったが、相当にキツイ環境《かんきょう》だったからな……正直、砂嵐が多発

する様な時季に軍勢であそこを行軍するのは無理だろうな)

確かにエルネスグーラ王国の兵士は砂漠にも慣れているだろうが、それでも砂嵐が多発する中を行軍するのは無謀《むぼう》過ぎるのだ。

ましてや、オルトメア帝国の侵略を阻みザルーダ王国を救える規模の軍勢ともなれば、最低でも十万前後の兵力は必要となるだろう。

数百程度の軍勢ならばともかく、それだけの規模の兵力を砂漠の横断で消費出来ないという判断は正しいだろう。

(その規模の軍勢を海路を使って運ぶというのも現実的には難しいだろうしな)

それに加えて、食料物資の保有量に不安を抱《かか》えているとなれば、エルネスグーラ王国が動けないというのは当然と言えるだろう。

ただ問題は、果たしてどこまでその話が本当なのかという疑問だ。

そして、仮に全てが本当の事だったとして、エルネスグーラ王国にはその現状を打開出来る術が無いのだと本当に言い切れるのかという点だ。

(エルネスグーラ王国がオルトメア帝国に通じている可能性はまずないだろう。エルネスグーラ王国は、オルトメア帝国やキルタンティア皇国と並ぶ強国であり、西方大陸の覇権《はけん》を狙う敵同士だからな)

態々《わざわざ》オルトメア帝国がザルーダ王国を占領するのを黙認《もくにん》し、大陸東部にまで帝国の領土が拡大する事を放置する理由など無いのだから。

ただ、そういう意味からすれば、全く逆の理由からオルトメアがザルーダ王国を占領する事を黙認する可能性はある。

(エルネスグーラ王国がザルーダ王国の併呑《へいどん》を目論《もくろ》んでいて、意図的に援軍を先延ばしにしている可能性も無いわけじゃない)

それは、先年に起こったオルトメア帝国のザルーダ侵攻の際に、グリンディエナが目論んだ策謀でもあるのだから。

(ただ、四ヶ国連合で経済的な利を説明しているからな。それに今更二番煎《せん》じの手を使うとは思えない。もし仮に使うのであれば、援軍を出せないなどとは言わず、形だけでも援軍を出しただろうからな)

当時と違《ちが》い、今のエルネスグーラ王国は四ヶ国連合の盟主なのだ。

盟主国であるエルネスグーラ王国が、連合に参加した国が亡《ほろ》びるのを何の手も打たずに傍観《ぼうかん》したとなれば、国の信用に関わってくる。

そして、その弊害《へいがい》を計算しない程、グリンディエナという人間は疎かではない。

もし、ザルーダ王国の占領を黙認するのであれば、間違いなく数千から一万程度の援軍を形式的に派遣しただろう。

(そういう諸々《もろもろ》を考えれば、エルネスグーラ王国は味方と考えて良いだろう。とは言え……相手はグリンディエナ・エルネシャール……腹の内が読めないお人だからな……)

エルネスグーラ王国の女王であるグリンディエナ・エルネシャールは【北の女狐《めぎつね》】と異名を

持つ程の権謀術数《けんぼうじゅつすう》に長《た》けた人物だ。

過去に、自らの親族を皆殺《みなごろ》しにして玉座に座ったという後ろ暗い経緯もある。

一見したところでは、可愛《かわい》らしい女性だが、その内側に秘《ひ》め隠《かく》された刃《やいば》には猛毒《もうどく》が塗《ぬ》られているのだ。

(信用し過ぎるのも些《いささ》か怖いところではあるが……な……とは言え、エルネスグーラ王国が参戦するまで耐え忍《しの》ぶというのが、一番現実的な手ではあるのも間違いない)

ミスト王国が頼《たよ》りにならない現状では、ザルーダ王国を救えるだけ兵力を保有しているのはエルネスグーラ王国のみだ。

何しろ、ザルーダ王国とローゼリア王国、そしてミスト王国の東部三ヶ国が連合して、漸《ようや》く戦力的にはオルトメア帝国と互角《ごかく》なのだ。

その三ヶ国の一角を占めるミスト王国の南半分が離反《りはん》してしまった状況では、到底《とうてい》東部三ヶ国の兵力でオルトメア帝国の侵略を阻む事は難しいだろう。

(時間稼《かせ》ぎが精いっぱい……オルトメアを撤退させるのであれば、どうしてもエルネスグーラ王国の力が必要になる)

問題なのは、その頼みの綱《つな》であるエルネスグーラ王国が動けるようになるのは何時かという点だろう。

しかし、直ぐに亮真はエルネスグーラ王国の参戦を不可能だと判断した。

(当初はあまり気にも留めていなかったが、今思い返してみると、エルネスグーラ王国の物の

値段が高騰したというのも気になる）

勿論、どの程度の値上がりなのかは不明だ。

物価が二倍になっても五倍になっても、言葉の上ではどちらも高騰なのだから。

だが、グリンディエナが送ってきた書状から見て、尋常ではない値上がりなのは間違いないだろう。

（ただ、グリンディエナが援軍を出したくないからと、虚偽《きょぎ》の情報を書いて来ただけならばまだマシだ）

問題なのは、グリンディエナの伝えてきた情報が正しかった場合だ。

（重要なのは、それが自然に起きた事なのか、誰かの意図により引き起こされた策謀なのかだが……まぁ、誰かが絵を描《えが》いていると見るべきだろうな……）

オルトメア帝国がザルーダ王国へ攻め込《こ》んだのと同時期に、エルネスグーラ王国で物資の値が跳《は》ね上がるなど、あまりにもタイミングが良過ぎるのだ。

そして、意図的にこの状況が作り出されたのであれば、全てを描いた人間が素直《すなお》にエルネスグーラ王国の参戦を傍観するとは思えない。

今以上に物価を押《お》し上げるか、新たな手で妨害《ぼうがい》してくるのは目に見えている。

「正直、エクレシアさんの疑問は当然だと思います。俺自身疑う気持ちが無いわけじゃありません。ただ事の真偽《しんぎ》はどうであれ、エルネスグーラ王国の参戦は直ぐには難しいのは確かでしょう」

エルネスグーラ王国の兵力が戦況を変える鍵《かぎ》なのは今も変わらない。

だが、どれ程エルネスグーラ王国の兵力が重要であろうと、参戦時期の見込《みこ》みが立たない以上、戦略を練る上では存在しないと考えた方がよいのだ。

下手にエルネスグーラ王国の兵力を計算に入れた場合、亮真の予測が狂《くる》った際に取り返しがつかない事態にもなりかねないのだから。

「そうね……エルネスグーラ王国の兵力を当てにするべきではないでしょうね……ただ、そうなると……」

エクレシアの言葉に亮真は深く頷いて見せた。

「使えそうな手札は、あの二枚ですね」

一枚は亮真が仕込《しこ》んだ札だ。

そしてもう一枚は、運命の巡《めぐ》り合わせで偶然《ぐうぜん》手に入った札。

どちらも、上手《うま》く使えば状況を打破出来る可能性は有るだろう。

しかし、使いどころの難しい札でもある。

そんな亮真の心中を察したのか、レナードが口を開いた。

「それでしたら、優先すべきはブルーノ・アッカルドの方でしょう……な」

その言葉に亮真は小さく頷いて見せる。

こちらは考慮《こうりょ》するべき問題が幾つか有るにせよ、もう一枚の手札と比べて、ある程度直ぐに方針が決められるからだ。

(何しろアッカルドの方は使い道が限られるからな)

亮真は当初からアッカルド将軍に対して謀略《ぼうりゃく》を仕掛けようと考えていた訳ではない。

少なくとも、ラウル・ジョルダーノをクリスが討《う》ち取らなければ考えもしなかった策だ。

だが、現状から考えれば、亮真がブルーノを殺さずに撤退《てったい》する事を選んだのは、文字通り天啓《てんけい》だったのだと言えるだろう。

(彼奴《あいつ》を見逃《みのが》すか殺すか悩《なや》んだが、殺さなかったのは正解だったか……あの時に仕込んだ疑惑《ぎわく》の種を上手く使えば、向こうの足を引っ張る事が出来る)

敵に討ち勝つ為に必要なのは、相手の戦力を上回る事が重要になる。

そして、相手の戦力を上回る為に大半の人間は自分の戦力を上げる事を考えるだろう。

それは、スポーツでも会社の仕事でも同じ事だ。

だが、実際には別の選択肢が無い訳ではない。

(相手の戦力を自分が上回れないのであれば、相手の戦力を低下させればいい)

相手を騙《だま》し陥《おとしい》れる。

俗《ぞく》に言うところの謀略だ。

勿論、スポーツや会社の仕事でそれをやれば、ただでは済まない。

やり方次第《しだい》では犯罪者にもなりかねないし、周りに自分の行為《こうい》がばれれば、間違いなく爪弾《つまはじ》きにされるのは目に見えている。

百歩譲《ゆず》って、周囲から責められなかったとしても、好意的に取られる事だけはないと言いきれるだろう。

だが、戦争という極限状態ともなれば話は変わって来る。

いや、国家の存亡という大事を前にして、手段を選ぼうという方が間違っているのだ。

敵に隙《すき》があるのであれば、謀略を仕掛けないという考え方の方が問題だろう。

勿論、その種が亮真の想定通りの花を咲《さ》かせるかは賭《か》けだ。

しかし、種が芽吹《めぶ》きブルーノと彼を取り巻く周囲の心に疑心という名の花を咲かせる事が出来れば、ブリタニアとタルージャ王国間に亀裂《きれつ》を生じさせ、両国の軍事力を大きく削《けず》る事が出来るのだろう。

（そうすれば、デュラン将軍はブリタニアとタルージャの兵力を失う。場合によっては、ミスト王国軍を両国に派兵する事も考えられるだろう）

必然的に、アレクシス・デュランがミスト王国全域の掌握にも時間が掛かる事になるのは目に見えていた。

それはデュラン将軍にしても、決して好ましい展開ではない筈だ。

そういう意味からしてもブルーノの使い道は決まっているのだ。

（ただ、そうなると埋《う》め込んだ種に誰《だれ》かが水を撒《ま》かなければならない……問題は誰にそれを命じるかだが……）

疑惑の種は心に植えられるものなので植物とは育ち方が違う。

だが、ほっておけばすくすくと成長するという訳でもないのだ。

必要に応じて養分を与《あた》え、周囲の環境に手を加えてやる必要がある。

問題なのは、誰がブリタニア王国に居るブルーノに植えた種を開花するまで手入れをするかという点だろう。

(はてさて……誰に任せたものか)

亮真の脳裏に適任と思われる人間の名前が浮かんでは消えていく。

この手の仕事で最も適任な者を探すとすれば、まず初めに名前が上がるのは伊賀崎衆だ。

「だが厳翁《げんおう》と咲夜《さくや》は動かせない。どうしても伊賀崎衆を動かすとなれば、竜斎《りゅうさい》や甚内達《じんないたち》に潜入《せんにゅう》して貰うしかないが……いや、やはり無理だな」

だが、その考えを亮真は直ぐに否定した。

ただでさえ伊賀崎衆には様々な任務を命じているのだ。

勿論、亮真が命じれば伊賀崎衆は断らないだろうが、容量《キャパシティ》が溢《あふ》れるのは目に見えている。

そして、そんな亮真の言葉にローラが頷いて見せる。

隣《となり》に座《すわ》るサーラも頷いているところからみると、姉と同意見の様だ。

「私もそう思います。それに、今回は出来ればブリタニア王国の宮中に入り込んで噂《うわさ》を流して貰う必要があります。ですが、そうなると幾《いく》ら伊賀崎衆の手練《てだ》れでも準備に時間が掛かります」

「そうだろうな……直ぐには難しいだろう」

伊賀崎衆の手練れであれば、ブリタニア王国の宮中に密偵《みってい》を送《おく》り込み、噂を流す事など造作もないところだろう。

可能か不可能かで問えば可能だ。

だがそれには、年単位での準備が必要になるのは目に見えている。

そして、今の亮真にはその準備に費《つい》やす時間がない。

(少なくとも、半年程度で結果を出したいところだからな)

ただ、そうなると適任者がいなくなる。

他に候補を挙げるとすれば、シモーヌ・クリストフ率いるクリストフ商会くらいだろう。

(まぁ、シモーヌも顔が広いからな……南部諸王国にも伝手《つて》がある様な気もするが……)

だが、限られた時間の中で成果を出すとなれば、此処は出来るだけブリタニア王国の宮中に太いパイプを持っている人物に頼みたいところだ。

その瞬間、亮真の脳裏に一組の男女の顔が浮かんだ。

それは、ロドニー・マッケンナとメネア・ノールバーグの二人だ。

「そう言えば、あの二人は元々タルージャ王国の貴族出身だという話だったな……」

その呟《つぶや》きを聞き、マルフィスト姉妹《しまい》が揃《そろ》って驚きの表情を浮かべた。

タルージャ王国の出身者と聞いて亮真が誰の事を口にしたのか察したのだ。

「マッケンナ卿《きょう》とノールバーグ様ですか……」

「成程《なるほど》……ブリタニアにではなく、潜在的《せんざいてき》な敵国であるタルージャ王国側から攻《せ》めるわけですか……確かに、それは効果的かと」

その問いに亮真は頷いて見せた。

勿論、ブリタニア王国の宮中に直接謀略を仕掛《しか》けられるならそれに越《こ》した事はないだろう。

だが、直接本丸を攻めるのが難しい時は、外堀《そとぼり》から攻めるという手もあるのだ。

勿論、何処《どこ》まで信用出来るか現時点では未知数ではある。

何しろ二人は光神教団の一員なのだ。

だが、亮真には彼等が協力を拒《こば》まないであろうという確信があった。

(爺《じい》さんから聞いた組織の情報を渡《わた》すなら、十分に交渉《こうしょう》の余地はある筈だ)

祖父である浩一郎《こういちろう》と飛鳥《あすか》から、あの二人の事情はある程度耳にしている。

そして、二人の心に秘めた宿願に関しても、亮真は既《すで》におおよその見当がついているのだ。

(そうなると、俺から直接話をするよりも、一度飛鳥を経由してから頼む方が良いだろうな)

正直、桐生《きりゅう》飛鳥を巻き込むのは亮真としても心苦しい。

だが、この際、形振《なりふ》りなど構ってはいられないのだ。

成功の確率を少しでも上げる為に必要ならば、飛鳥を巻き込むことになるとしても、亮真はそれを選ぶしかない。

それ以外に、道が無いのであれば、リスクを許容してそれ以上のリターンを得るように全力を尽《つ》くすしかないのだから。

「ならば、残る問題はあの二人……ですね?」

サーラの問いに亮真は小さく頷いて見せる。

それは化外の民の娘《むすめ》と、それを守る様に付き従う一人の男に関してだ。

二人の名前は既に聞き取りが終わっている。

女の方はハリシャ。

男はラーヒズヤだ。

（ハリシャの方は部族長の娘で、ラーヒズヤの方は部族の長老の息子《むすこ》。どちらも化外の民にとっては重要人物だと言えるだろう。たしかマニバドラ部族とか言っていたが……マニバドラと言えば、毘沙門天《びしゃもんてん》の眷属《けんぞく》である八大夜叉《やしゃ》大将の一人である宝賢夜叉《ほうけんやしゃ》の別名だった筈だが、やはり彼等が自分達を夜叉と名乗った事と言い、地球と何か関連があるのか？）

亮真は化外の民を自分達と同じ人間だと考えていた。

しかし、ラーヒズヤの言葉を聞いた限り、彼等は人ではないらしい。

（ネルシオスさん達黒エルフ族と同じ亜人《あじん》と考えた方が良いんだろうな）

ただ、彼等が主張するように鬼《おに》の一種でも、エルフ族の様な亜人であっても亮真にとっては余り大きな差はない。

今重要なのは、マニバドラ部族にとって重要人物である彼らの身柄《みがら》をどう扱《あつか》うかだ。

（折角捕虜《せっかくほりょ》にしたんだ。殺すのは悪手だろうな……）

態々ローラ達が撤退戦のさなかに捕虜《ほりょ》にした貴重な手札だ。

それを無駄《むだ》に消費する様な事は亮真には出来ない。

それに、ハリシャの意識は未だに昏睡《こんすい》状態のまま目覚めない状態なのだ。

そんな女を問答無用で処刑《しょけい》というのは、流石《さすが》に後味が悪いだろう。

ただ、そうなると化外の民と交渉して何らかの譲歩《じょうほ》を引き出すしか選択肢が無くなる。

少なくとも、身代金《みのしろきん》と引き換《か》えに解放するのはあまりにも惜《お》しいだろう。

(一番良いのは、彼等と同盟関係を構築する事だろうな)

それが実現すれば、御子柴大公家の影響力《えいきょうりょく》は西方大陸南部にまで広がるだろう。

それに、経済という点に於《お》いても利点は大きい。

(ラーヒズヤの話では、マニバドラ部族はブリタニア王国とタルージャ王国の国境に跨《また》る森林地帯を居住地としているようだが、西方大陸南部の沿岸部に暮らす化外の民も居るらしいからな……そういった他の部族との交渉窓口にもなって貰えるだろう)

マニバドラ部族を通じて、そういった他の地に暮らす化外の民達と交流を結ぶ事が出来れば、御子柴大公家は今まで以上に多くの富を得る事が出来るようになる。

それに、そういった経済的な利点を別にしても、マニバドラ部族には大きな価値があるのだ。

(あの戦象部隊はかなり魅力的《みりょくてき》だ……今回はこちらの策が上手くいったから被害《ひがい》は無かったが、まともにあれとぶつかれば、軽微《けいび》な被害では済まないだろう……それに、ラーヒズヤの話が正しければ、夜叉というのは優《すぐ》れた戦士たちの様だからな)

それは、亮真にとって喉《のど》から手が出るほど欲《ほ》しい戦力に他ならないだろう。

(だが、彼等と同盟を結んだとしてどう使う？)

西方大陸南部に暮らす彼等化外の民をザルーダ王国へ派遣するのは現実的に難しいだろう。

(徒歩では時間が掛《か》かりすぎるし、何より敵にこちらの意図がばれてしまう)

そうなると、海路を使っての輸送くらいしか手は無いだろう。

だが、船を使った輸送には限度がある。

(交易都市フルザード辺りから船をかき集めて一気に輸送するという手もあるにはあるが、ミスト王国の南半分はオーウェン新国王とデュラン将軍の影響下に置かれている事を考えれば、現実的な策とは言えないだろうな)

デュラン将軍の思惑《おもわく》がハッキリしない今、彼等を敵として対応するべきなのは間違いないだろう。

だが、そうなると補給港の関係も考えると大量の兵員輸送は難しいだろう。

現実的には、少数の部隊を移動させるくらいしか選択肢は無くなってしまう。

だが、それは戦略的に見て余りに意味が無い。

しかしその瞬間《しゅんかん》、亮真の脳裏に一つの可能性が浮かぶ。

それはある意味荒唐無稽《こうとうむけい》とも言える策だ。

だが、徐々《じょじょ》に亮真の脳裏には、その荒唐無稽な策が輪郭《りんかく》を帯び始めていた。

そして、亮真は徐に口を開いた。

それが、自分と自分達の未来を切り開く一手だと信じるが故に。

エピローグ

タルージャ王国との国境に程近《ほどちか》いブリタニア王国の港町バーミンゲン。

ブリタニア王国の海岸線沿いに幾つか点在する港の中でも指折りの漁港であると同時に、西方大陸南部に於ける海上貿易の補給港として栄え王国の経済の一翼《いちよく》を担《にな》っている。

必然的に、この戦乱の絶えない西方大陸の中でも特に激戦区と言われる南部で屈指《くっし》の人口を誇ると同時に、ブリタニア王国にとっては、経済的にも軍事的にも大きな意味を持つ要衝《ようしょう》の一つと言われている。

街には交易船の船乗り達《たち》が一時の安らぎの為に酒と女を求めて闊歩《かっぽ》していた。

時々聞こえてくるのは、酔《よ》っ払《ぱら》いの調子外れな歌声と酌婦《しゃくふ》達の嬌声《きょうせい》だ。

しかし、そんな喧騒《けんそう》や活気とは裏腹に、バーミンゲンの街の裏路地にひっそりと建てられたその宿屋を訪《おとず》れる人間は殆《ほとん》どいない。

しかし、世の中には物好きな人間も居るのだ。

一人の男が、そんな薄汚《うすよご》れた宿屋の階段を上がっていく。

足を一歩踏《ふ》み出す度に激しく抗議《こうぎ》の声をあげる木製の階段。

年季が入っていると言えば聞こえは良いが、単に古臭《ふるくさ》いだけだと感じる人間の方が多いだろう。

それこそ、歩く度に階段の踏み板《いた》が割れる事を心配しなければならない程だ。

男の名は楠田智弘《くすだともひろ》。

それは、何の因果かこの大地世界《アース》に召喚《しょうかん》された警察官であり、今では組織の一員として西方大陸の闇《やみ》に暗躍《あんやく》する男の名だ。

そして、組織が秘匿《ひとく》してきたアレクシス・デュランという切り札を使ったにも拘《かか》わらず、最終目的である御子柴亮真《みこしばりょうま》を討ち取る事に失敗した罪人の名前でもある。

そんな楠田が目指すのは組織の幹部である須藤秋武《すどうあきたけ》が待つ三階の部屋。

必然的に、楠田の足取りは重い。

「しかし、随分《ずいぶん》とまた念入りに偽装《ぎそう》しているものだ……」

楠田の口からそんな言葉が零れる。

それはどうという事のない独り言。

そんな楠田の独り言に、階段の踏み板のきしむ音が応える。

(いや、偽装というよりも、元々古ぼけた宿屋を買い取ったという方が正しいのか?)

そんな事を考えつつ、楠田は階段の手摺《てす》りを軽く指で撫《な》でると、白い埃《ほこり》に塗《まみ》れた指を繁々《しげしげ》と眺《なが》める。

(だが、掃除《そうじ》も碌《ろく》にしてないとなれば……どちらにせよ、これじゃあ客は来ないだろうな)

この宿屋は組織がバーミンゲンに幾つか準備している拠点《きょてん》の一つで、名を【海竜亭《かいりゅうてい》】という。

随分と勇ましい名前だが、そんな立派な名前に見合わないボロ宿だ。

何しろ、地元の人間でも足を踏み入れない様な裏通りの奥《おく》まったところに建てられている上に、酒場を併設《へいせつ》している訳でもないし、女を買える訳でもないこれと言って特色のない宿屋。

いや、正確に言えば特色が皆無《かいむ》なわけではない。

正しくは評価するべき特色が無いと言った方が正しいだろう。

(減点要素は満載だからな)

この薄汚れた様子から考えると、表通りに店を構えている宿屋よりも、一段か二段は等級が下がるのは確実だろう。

強《し》いて魅力《アピールポイント》を挙げるとすれば、宿泊《しゆくはく》料金がかなり安めに設定されている事と、何時来ても部屋が空いている事ぐらいだ。

だが、それらの魅力はバーミンゲンの街を訪れる人間の多くにとって、あまり価値がないというのが実状だった。

(何しろ、この港町で宿屋に泊《と》まろうという客のパターンは限られているからな)

交易に訪れた商人か彼等《かれ》が雇《やと》った護衛、もしくは船の乗組員が殆どだ。

そして、そんな彼等は取引が終わった後や、賃金の支払いを受けた後である場合が多く、かなり纏《まと》まった金を持っている場合が多かった。

(まぁ、船の上では給金を幾ら貰っていようが使い道が無いからな……それも当然か)

船長などの限られた役職付きであればいざ知らず、大半の船乗り達には個室があてがわれる事が無い。

睡眠《すいみん》すらも、船倉に設けられたハンモックの上か、荷物と荷物の間に生じた隙間《すきま》に体を横たえるのが関の山。

現代社会の様に、プライバシーを保てる空間など望むべくもない。

そんな環境では、仮に給金を支払って貰ったところで持て余すだけだ。

(ましてや、この大地世界で流通しているのは硬貨だ。当然、紙幣《しへい》とは違って嵩張《かさば》るからな)

十枚程度であればさておき、何ヶ月分にもなる給金を常時身に着けておくのは現実的ではないだろう。

そんな重りを身に着けながら波間に揺《ゆ》れる船の上で生活するなど不可能と言える。

それこそ、万が一にも船から落水したら、泳ぎが達者な船乗りでも溺《おぼ》れ死《じ》ぬ羽目になるだろう。

しかし、だからといって保管出来る場所が船の中では容易には見つからない。

仮に何処《どこ》か良さそうな隠し場所を見つけたとしても、所詮《しょせん》は限定された空間である船の中だ。

隠し場所に出来そうな保管場所など限られているし、仲間達から隠し通すのもかなり難しい。

そして、仮に隠した給金を誰かに見つけられれば間違いなく横取りされる。

そうなれば、盗人《ぬすびと》の糾弾《きゅうだん》から始まり、最終的には船乗り達の間で殴《なぐ》り合いの喧嘩《けんか》が始まるだろう。

(いや、喧嘩で済めばまだマシだ)

何しろ此処は、人の命など塵芥程《じんかいほど》の価値もない大地世界だ。

容易に刃傷沙汰《にんじょうざた》にまで発展するだろう。

（金が絡《から》むと人は容易に倫理《りんり》や道理を捨て去ってしまうからな……それは日本でも大地世界でも同じだ）

そして、その事を船主や船長は十分に弁《わきま》えていた。

結果的に、給金の支払《しはら》いは船が港に入ったタイミングとなる訳だ。

（支払う雇用主《こようぬし》にすれば、荷を売りさばいた代金で支払う事も出来るしな）

船上生活の安定と雇用主側の懐《ふところ》事情を考えれば当然の選択《せんたく》。

そして、そういった船乗り達の懐事情をバーミンゲンで暮らす住人達は見抜《みぬ》いているのだ。

彼等は港に交易船が入港する日を、手薬煉《てぐすね》を引いて待っており、船乗り達を歓待《かんたい》する準備に余念がない。

実際バーミンゲンの街には、酒、暖かな料理、娼婦《しょうふ》や博打《ばくち》に加えて、柔《やわ》らかく暖かな寝床《ねどこ》など、船乗り達を魅了《みりょう》する誘惑《ゆうわく》が数えきれないほど豊富にそろっていた。

そして、そんな誘惑に船旅を終えた船乗り達は抗《あらが》えない。

懐が寂《さび》しいのであれば我慢《がまん》も出来るだろうが、久方ぶりの港町の夜で懐も暖かとなれば羽目を外したくなるのが人情なのだから。

そして、そういう人間達が、態々小汚《わざわざこぎたな》い寂れた宿屋に好き好んで泊まろうとする筈《はず》もないのだ。

（何しろ聞いた話によると、この大地世界の船旅は相当苛酷《かこく》という話だからな）

現代社会に於ける豪華《ごうか》客船に乗っての優雅《ゆうが》な船旅とは訳が違うのだ。

食料は長い船旅に耐えられるように保存性を重視しており、食事と言えば焼き固められたビスケットや塩《しお》漬《づ》けの肉、もしくは豆類のスープが主食。

後は、キャベツの塩漬け《ザワークラウト》が出るくらいのものだろう。

そんな食生活が短くても数週間。

大陸間を行き交《か》う交易船ともなれば数ヶ月にも及《およ》ぶのだ。

（まぁ、壊血病《かいけつびょう》の対処方法を知っているだけ、ヨーロッパの大航海時代よりは幾分《いくぶん》マシかもしれないが、俺は遠慮《えんりょ》させて貰いたいところだな）

何しろ、長期間ビタミンCが欠乏《けつぼう》する事によって生じる壊血病は二十世紀に入るまで、原因不明の病であり、多くの船乗り達の命を奪《うば》ってきた。

柑橘系《かんきつけい》の果物や新鮮《しんせん》な野菜を食べる事で予防出来る事は十六世紀辺りから遠洋航海を行う船乗り達の間では経験則として知っていたようだが、何故《なぜ》それらの食べ物を食べる事に因《よ》って壊血病が防げるのかは謎《なぞ》だった訳だ。

それに比べれば、この大地世界の船乗り達は幾分進んだ知識を持っていることになる。

ただ何方《どちら》にせよ、街中で取る食事と比べれば、その品数も味も御察《おさっ》しと言えるだろう。

（しかし、何故《なぜ》俺《おれ》はそんなどうでも良い事を気にしているのだろうな）

ふと、楠田の脳裏にそんな疑問が過《よぎ》った。

（この宿が流行《はや》っていようが、潰《つぶ》れかけていようがどうでもいい事だろうに……第一、初めてやってきた訳でもないのに何故……）

楠田がこの宿屋を訪れたのは今日で二回目だ。

そういう意味からすれば、この宿のボロさも人気のなさも分かっていた事。

今更驚《いまさらおどろ》く事でも、嘆《なげ》く事でもないだろう。

とは言え、前回の訪問時は組織の幹部との初顔合わせが目的だった所為《せい》もあって、緊張《きんちょう》からそんな感想を抱く余裕《よゆう》が無かったのも事実ではあるのだから。

（いや、それは言い訳だな）

別に楠田は本気でこのボロ宿の事を気にしている訳ではないし、バーミンゲンの街が交易船の船員達によって経済的に潤《うるお》っていたとしても、彼にしてみればどうでも良い事でしかないのだから。

問題は、そんな取り留めもない事でも考えていないと、自分の足を前に進める事が出来ないという点だ。

心境としては、自分のミスで取引がご破算となった会社員が、経緯《けいい》を上司に報告する為《ため》に会議室へ向かう時に似ているだろうか。

現実逃避《とうひ》と言ってしまえばそれまでだが、そうでもしなければ楠田はきっとこの場から逃《に》げ出してしまうだろう。

そして、そんな楠田の心境を慮《おもんぱか》るかの様に、階段が再び悲鳴を上げる。

その音に、思わず楠田の顔に驚きの色が浮かんだ。

（随分と景気よく鳴くものだ。まるでお化け屋敷《やしき》だな。まぁ、そもそも客を集めて儲《もう》けようという気がないのだから、当然と言えば当然……か）

そんな事を考えながら、楠田は宿屋の三階の角部屋の前で立ち止まった。

現実逃避をしていても、楠田の足の進みは止まらなかったらしい。

そして、軽く木製の扉《とびら》を叩《たた》く。

「どうぞ。鍵は掛かっていませんよ」

部屋の中から入室を許可する男の声がした。

その声色《こわいろ》は穏《おだ》やか。

だが、その穏やかさが今の楠田には何よりの恐怖《きょうふ》だ。

しかし、上司が入室を許可しているのに何時《いつ》までも躊躇《ためら》ってはいられる筈もない。

大きく深呼吸をした後、楠田は意を決すると扉を開ける。

「失礼します」

そして、徐《おもむろ》に部屋の中へ一歩足を踏み入れた。

その瞬間、楠田は目の前に広がる部屋の豪華さに思わず目を奪われる。

（これはまた……凄《すご》いな）

そこは、宿屋の古びた外観からは想像出来ないほど煌《きら》びやかな一室だ。

部屋の床《ゆか》には、赤を基調とした絨毯《じゅうたん》が敷《し》き詰《つ》められていた。

中央に花弁をあしらったメダリオンと呼ばれる意匠《いしょう》の絨毯は、恐《おそ》らく羊毛が用いられているのだろう。

恐らく地球より持ち込まれたペルシャ絨毯だ。

それに加えて、部屋の天井《てんじょう》からはシャンデリアが吊《つ》り下げられ、窓には天鵞絨《ビロード》のカーテンが吊るされている。

それこそ、何処かの国王の執務室《しつむしつ》にでも迷《まよ》い込んだかのような錯覚《さっかく》を感じさせる程《ほど》だろう。

(いったい幾ら金を掛けているんだ?)

そんな疑問が楠田の脳裏を過った。

楠田は別に室内インテリアに関して詳《くわ》しい訳ではないが、それでもこの部屋に置かれた品の高価さは一目で理解する事が出来た。

まさに絢爛豪華《けんらんごうか》という言葉が相応《ふさわ》しいだろう。

ただ、良くありがちな成金趣味《しゅみ》丸出しという訳でもないのだ。

(不思議と嫌味《いやみ》な感じはしないな……全体的に調和がとれている。しかし、まさかこのボロ宿にこんな豪華な部屋が設《しつら》えられているとはな)

数ヶ月前に顔を合わせた際には普通《ふつう》の部屋だった事もあり、まさに不意打ちを食《く》らった気分だろうか。

その時、男の声が部屋の中に響《ひび》いた。

「おやおや、沈着《ちんちゃく》冷静な楠田君にしてはずいぶんと驚いている様ですねぇ。態々この部屋に招いた甲斐《かい》が有るというものですよ」

そして、窓際《まど》に設けられたソファーに深く腰掛《こしか》けている声の主は、戸惑《とまど》いの表情を浮かべる楠田に対して、朗《ほが》らかな笑い声を上げながら手招きをする。

「さぁ、何時までもそんなところに立っていないでこちらに座りなさい。報告をお聞きする前に軽く喉を湿《しめ》らせるとしましょう」

男の名は須藤秋武。

この部屋の主であり西方大陸の闇に暗躍する組織の幹部だ。

そして、楠田にとっては自らの進退を決定する権限を持つ上司でもある男。

そんな須藤の言葉に、楠田は一瞬躊躇《いっしゅんためら》いを感じた。

(一見したところでは怒《いか》りを押し隠している様には見えない……いや、何方《どちら》かと言えば上機嫌《じょうきげん》の様に見える……)

楠田も警察官として人を見る目は磨《みが》いてきたつもりだ。

そんな楠田から見ても、須藤の態度は温厚《おんこう》で気のいい中年の様にしか見えない。

(だが……それが逆に恐ろしい)

相手は文字通り、楠田智弘という人間の生き死にを決める権限を持つ組織の上位者。

楠田の策が不発となった事に対して、どの様な感情を抱いているか分からない。

(俺《おれ》は最善を尽くした……それは間違《まちが》いない……)

ただ問題は、楠田が最善を尽くしたのは事実だとしても、結果が伴《ともな》わなければ意味が無いというのも事実なのだ。

いや、投入したリソースに対して実際に得たリターンが釣《つ》り合っていると言えない以上、組織が楠田に対して不満を抱《いだ》いていない訳が無いのだ。

しかし、だからと言って今の楠田に出来る事など何もない。

徐に須藤の対面に置かれたソファーに腰《こし》かけた楠田に対して、須藤がにこやかに話しかける。

「さて、君も飲むと良いでしょう。先日大地世界《アース》に召喚された方が持ち込んで来た品ですが、滅多《めった》に手に入らない品ですよ。アルハラが怖《こわ》いので酒が体質的に駄目《だめ》だというのであれば無理にとは勧《すす》めませんが、もし飲めるのであれば是非《ぜひ》とも味わってもらいたい逸品《いっぴん》ですな」

そう言うと須藤は楠田が小さく頷《うなず》くのを確かめた後、テーブルの上に置かれていたデキャンタを傾《かたむ》け赤紫色《あかむらさきいろ》の液体をそれぞれのグラスへと注いだ。

そして、片方のグラスを手に持つと、鼻腔《びこう》に近づけ香りを確かめる。

「素晴《すば》らしい……実に芳醇《ほうじゅん》な香りです」

そう呟くと、須藤はゆっくりとグラスを傾けた。

「まさに、神が作りだした甘露《かんろ》という言葉が相応しい味ですなぁ」

そう言うと須藤は、満足げに頷いて見せる。

そして、未《いま》だにグラスへ手を伸《の》ばそうとしない楠田に向けて笑《え》みを向けた。

「さぁ、楠田君も試《ため》してみると良いですよ。きっと驚くと思います」

そんな上司の言葉に、楠田は目の前に置かれたグラスへと手を差し伸べる。

そして、ゆっくりとグラスを唇《くちびる》へと近づけていく。

グラスの中身を口に含《ふく》みゆっくりと味わった後、徐に飲《の》み込んだ楠田の口から感嘆《かんたん》のため息が零《こぼ》れた。

「これは……」

そう小さく呟いた楠田だが、その後の言葉が続かないのだろう。

何と言って表現したらよいのか分からないといった風情《ふぜい》だ。

だが、その恍惚《こうこつ》とした表情から察するに、文字通り口福の絶頂を味わったのは間違いないらしい。

楠田の顔を見て、須藤は満足げに頷いて見せた。

「どうです？　普段《ふだん》この世界で飲んでいるワインとは比べ物にならない味でしょう？」

その言葉に、楠田は深く頷く。

実際、この大地世界に召喚されて以来、ワインを口にする回数が以前よりも増えそれなりに味の経験値を積んできた筈なのだが、今飲んだワインはそんな楠田も知らない様な未知にして魅惑《みわく》の味。

楠田はこの味を言葉にする事が出来ない自分の語彙《ごい》力の拙《つたな》さを心底悔《く》やんだ。

「ええ……正直、こんなワインがあるなんて思いもよりませんでした……これは何というワインなのですか？」

そんな楠田の問いに、須藤は無言のままテーブルの上に置かれたワインボトルに手を伸ばすと、楠田の目の前に差し出して見せる。

鷲《わし》が飛翔《ひしょう》するイラストの描かれたラベル。

そこに書かれたアルファベットのスペルを読み上げ、楠田は首を傾《かし》げた。

「スクリーミング・イーグル……ですか？」

正直、見た事も聞いた事もない銘柄《めいがら》だ。

実際、日本人でその名前を聞いてピンとくるのは、ワインにそれなりの造詣《ぞうけい》を持つ人間だけだろう。

水代わりとしてワインを飲むようなヨーロッパとは違《ちが》い、日本人でワインを日常的に嗜《たしな》む様な人間は限られているのだ。

ワインの銘柄など言われても、大半の日本人は分からないというのが普通だと言える。

しかし、そんな楠田に対して須藤はニヤリと唇を吊り上げて嗤《わら》う。

「ええ、カリフォルニアで造られるワインとしては最高峰《さいこうほう》の逸品です。それも十五年物となれば……ねぇ。ただ、生産数は限られていますし、かなり高価です。余程《よほど》ワインの知識が豊富でコネと財力がないと手に入れるのは難しいでしょうねぇ。楠田さんが御存《ごぞん》じなくとも当然ですよ」

その顔には、美食を好む人間特有の優越感《ゆうえつかん》が滲《にじ》み出ている。

とは言え、そんな須藤の態度も無理からぬ事ではあるのだ。

スクリーミング・イーグルは数多《あまた》存在するカリフォルニアワインの中でも、高値が付く事で有名なカルトワインの代表格として名高い。

年間六千本程度しか生産されず、手に入れるには相当な財力とコネクションが必要となってくるワインだ。

必然的に値段の方も桁外《けたはず》れであり、オークションでマグナムボトル一本が当時の価格で五千万円以上の値が付いたと言われる程だ。

世界には、究極とも至高とも言われる程の名声と価値を誇《ほこ》るワインが幾つか存在しているが、スクリーミング・イーグルは間違いなくその中の一つに数えられる逸品だろう。

ワイン愛好家にしてみれば、まさに垂涎《すいぜん》の的。

そんな希少なワインを、この大地世界で手に入れる事が出来たのだ。

須藤秋武にしてみれば、旅行先で憧《あこが》れの有名人と偶然出会い、握手《あくしゆ》とサインをして貰《もら》った上に、肩《かた》を組んで写真まで撮《と》らせて貰う幸運に恵《めぐ》まれた様なものだ。

「いやぁ、私達は実に運がいいですよ。これほどのワインを、この大地世界で味わう事が出来たのですから……このボトルの本来の持ち主にしてみれば、実に気の毒な結果としか言えませんがねぇ」

そんな事を言いながら、須藤は卓《たく》の上に準備されていたチーズへと手を伸ばす。

そして、そんな須藤の言葉を聞き、楠田はこのワインの持ち主がどのような末路を辿《たど》ったのか何となく想像がついた。

「成程……その不運な持ち主は怪物《かいぶつ》共の腹の中ってところですか？　……いや、それではこのワインが須藤さんの下に持ち込まれた経緯が良く分からなくなるな……そうなると、召喚者に反抗《はんこう》したか、戦奴隷《どれい》として不適格とみなされ始末された可能性の方が高い……か」

それは、警察官という職務を通じて磨いてきた推理力と洞察力《どうさつりょく》の賜物《たまもの》だろうか。

勿論《もちろん》、真実は未だに闇の中だ。

とは言え、楠田の推理は当たらずとも遠からずといったところではあるだろう。

そんな楠田の言葉に、須藤は肯定《こうてい》も否定もしない。

ただ、ニヤリと唇を吊り上げグラスを傾けるのみだ。

(どんな人間かは知らないが、まさか、異世界に召喚されるなんてな。須藤さんの口ぶりから察するにかなり高価なワインらしいから、余程の金持ちだっただろう……まだ金目的の誘拐《ゆうかい》ならば助かる目もあっただろうに……運の悪い奴《やつ》だ……)

文法術による異世界人の召喚と、誘拐という犯罪は極《きわ》めて似通った性質を持っている。

勿論、達成手段という観点から見れば両者の違いは明白ではあるだろう。

誘拐は物理的な力によるものだし、召喚は法術という超常《ちょうじょう》の力を用いた結果なのだから。

とは言え、対象者の意思を考慮せず強制的に身柄を拘束《こうそく》し、隷属《れいぞく》させたり支配したりするという観点に於いて極めて似ていると言えなくも無いのだ。

(だが、異世界人の召喚と誘拐には、その手段とは別に決定的な違いが存在している……それは目的だ。そして、その目的の差が被害者《ひがいしゃ》の安全を大きく左右してしまう)

誘拐という犯罪はその目的から大きく分けて、性犯罪を目的としたものと、金銭を目的としたものに分類される。

（細かく分けていけば両方の性質を持っていたり、離婚《りこん》した親が子供を攫《さら》う場合もあったりするので絶対的な分類とは言えないのは確かだ）

だが、それでも誘拐という犯罪の大半は、営利目的か性犯罪が目的と言っていいだろう。

そして、営利目的の誘拐犯《ゆうかいはん》は身代金を支払わせる為に被害者の身の安全は比較的《ひかくてき》保証する場合が多い傾向《けいこう》にある。

勿論、営利誘拐であれば絶対に被害者が傷付けられないという保証がある訳ではない。

実際、警察に通報したりする人間を牽制《けんせい》する為に、指の一本も切り落として被害者の身内へ送りつけてくる様な凶悪犯《きょうあくはん》も居ない事は無いのだから。

ただ、大抵《たいてい》の場合は反抗心《はんこうしん》をへし折る為に多少殴る蹴《け》るくらいで、取り返しのつかない怪我《けが》を負わせたり、命を奪う様な真似《まね》をしたりする事は少ないというのも事実だ。

（少なくとも、一定以上の経済力を持ち、身代金を支払える被害者であれば、助かる可能性は高い）

営利誘拐《キッドナップビジネス》と呼ばれる犯罪を生業にしている海外の犯罪組織やテロ組織などが犯行を行う場合には、この傾向が特に顕著《けんちょ》だと言えるだろう。

営利誘拐の目的はあくまでも、金銭を得る事であり、被害者を苦しめたり、殺害したりする事が誘拐の目的ではないからだ。

まさに、地獄《じごく》の沙汰《さた》も金次第といったところだろうか。

誘拐犯が被害者を殺す場合、その理由の多くは、被害者家族が身代金の支払いを拒んだり、警察などの司法組織に通報して逃走《とうそう》しなければならなくなったりして、被害者が足手まといになるなどの場合なのだ。

後は、統制の取れない素人《しろうと》が衝動的《しょうどうてき》な犯行を犯《おか》した場合くらいだろうか。

誘拐を営利目的で行う犯罪者に対して、身代金を支払えば被害者を無事に取り戻《もど》す事が出来るのだと思えばこそ、人は理不尽《りふじん》な要求にも従うもの。

逆に、従っても取り戻せないと判断したら、誰も犯人に身代金など支払わなくなる。

（それを喪《うしな》えば、誰もそいつと取引をしようなどとは考えなくなるだろうからな。犯罪者のくせに信用が何よりも重要とは、随分な皮肉だがね）

そういう意味からすると、多少被害者が誘拐犯に悪態をついたり、反抗的なそぶりを見せたりしたとしても、それだけで命まで奪われる事は比較的少ない傾向となる訳だ。

しかし、これが召喚となると話は変わってくる。

召喚者が欲《ほっ》しているのは金銭ではなく、被害者の肉体そのもの。

あくまでも戦奴隷として利用出来るかどうかが問題となってくる。

その為、身体的に健康である事に加えて、年齢《ねんれい》にも条件が付いてくる。

召喚術者が、特定の年齢や容姿、体格を求めて召喚された人間を選別している事から考えると、性質としては性犯罪や、移植用の臓器を奪う事を目的とした誘拐に近いと言えるだろう。

（幼過ぎる子供では成長に時間が掛かるし、中高年では伸びしろが少ないから……な）

下は十代半ばくらいから、上は四十代前半までが適正範囲《はんい》といったところだろうか。ある程度短期間で戦力になり、それなりに長い年月を利用出来ると見込《みこ》める人間を召喚術者は求めている訳だ。

勿論、年若くして財を築く人間が居ない訳ではないだろう。

株式投資で大きく当てれば財を築く事も出来るだろうし、プロのスポーツ選手として活躍《かつやく》できれば、巨万《きよまん》の富を得る事も出来るのだから。

(だがまぁ、自然に考えればこの手のワインを入手するだけのコネと財力を得られるのは四十歳《さい》以上だろう)

もし仮に楠田の予想が正しかった場合、その不運な被害者は肉体的には衰《おとろ》えが見え始める年齢だと考えるのが自然だ。

(そうなると、普段から余程《よほど》鍛《きた》えていない限り、この大地世界で生き残るのは難しいだろうな)

勿論、そういった人間でも利用価値が皆無とは言い切れない。

現代社会で生きて来た楠田は、その事を理解している。

体力面では兵士として不適格であったとしても、策謀《さくぼう》を巡《めぐ》らせる知力に優れていたり、部隊を指揮し統率力《とうそつりょく》に長《た》けていたりする場合もあるのだから。

しかし、そういった能力は体格や筋肉量とは違って外見から見抜く事がほぼ無理なのだ。

後は、即戦力《そくせんりょく》になると判断するか、伸びしろがあると見て育成の手間を掛けるか、その辺は召喚術者の好みや考え方に左右されてしまうというのが現実。

それはある意味、現代社会に於ける業務委託《いたく》や派遣《はけん》社員を品定めする雇用《こよう》元の人事担当の様な物だろうか。

（まぁ、仕事の面接なら不適格を判断されても単に雇われないというだけで済むが、この世界に召喚されたとなれば……な）

この大地世界では、セカンドチャンスは疎《おろ》か、誰一人《だれひとり》取り残さないというＳＤＧｓが掲《かか》げる包摂《ほうせつ》性も存在しないのだ。

（この世界では弱者は弱者であり、強者は強者でしかない。踏みつけられたくなければ強くなるしかないのだ……）

楠田がそんな事を考えていると、須藤が再び口を開く。

「いや、実に素晴らしかった……」

そう言うと、須藤はグラスをシャンデリアに翳《かざ》して、其処《そこ》に残った赤紫色の液体を感慨深《かんがいぶか》げに眺める。

「とは言え……もう五年も熟成させれば味も香りも更《さら》に深みが増して最高の飲み頃《ごろ》になったのでしょうから、些《いささ》か勿体《もったい》ない気がしないでもないですが……まぁ、適切な温度管理が出来るワイン貯蔵庫《セラー》など、この世界では望むべくも有りませんからねぇ……」

そして、名残惜《なごりお》しさを振《ふ》り払《はら》う様に一息にグラスを呷《あお》った。

「さて、それではワインの講釈《こうしゃく》はここまでにして、今回の一件に関して楠田君より報告を聞かせてもらうとしましょうか」

その言葉に、楠田は顔を歪《ゆが》めた。

勿論、このまま須藤のワイン講釈を聞いてお開きになるなどと考えていた訳ではない。

楠田は須藤から責任を追及《ついきゅう》される事を覚悟《かくご》した上で、この場に臨《のぞ》んでいる。

とは言え、上司から報告しろと明確に口に出されると、思わずビクついてしまうのは否めないのだろう。

罪悪感からか思わず顔を伏《ふ》せる楠田。

その胸中に渦巻《うずま》くのは葛藤《かっとう》と保身、そして自らの役割を果たしきれなかった事に対しての罪悪感だろうか。

或《ある》いは、そういう風に見せて叱責《しっせき》の矛先《ほこさき》を鈍《にぶ》らせる為の演技なのかもしれない。

本心か演技か。

それを判断出来るのは楠田当人のみだ。

「とは言え、私も概《おおむ》ね状況《じょうきょう》は把握《はあく》していますからねぇ」

「え？　それはいったい……」

その思いがけない須藤の言葉に、楠田は勢いよく顔をあげた。

しかし、そんな楠田に対して須藤はニヤリと人の悪い笑みを浮《う》かべる。

「それは当然でしょう？　今回の策謀の立案と、現場指揮を楠田さんにお願いしたのは、貴方《あなた》の力量を証明して頂くのと、組織への忠誠心を見定める為のテストが目的ですからね。当然、採点の為に試験官を付けさせていただいています」

そう言うと須藤は一度探《さぐ》るような視線を楠田に向ける。

それはまるで鼠《ねずみ》を弄《もてあそ》ぶ猫《ねこ》の如き視線。

その目に射すくめられ、楠田は思わずゴクリと喉を鳴らす。

文字通り、自らの生死を左右しかねない人生の岐路《きろ》に差し掛かったのを肌身《はだみ》で感じているのだろう。

重苦しい沈黙《ちんもく》が部屋を支配していた。

だが、そんな空気は須藤が楽し気に笑い声を上げた瞬間に霧散《むさん》した。

「そして楠田さんが最も気になっているであろう採点結果ですが……私としては十分に及第点《きゆうだいてん》の結果だと思いますよ」

その思いがけない言葉に、楠田は肩を落としため息をつく。

「及第点……ですか……」

それは、己《おのれ》の首が繋《つな》がった事への安堵《あんど》か、それとも及第点しか取れなかったという自己への嘆きだろうか。

そして、そんな楠田に対して、須藤は満足そうに頷いて見せる。

「如何《いか》に元警察官とは言え、こういった国家規模での戦略や謀略《ぼうりやく》に関して楠田さんはほぼ経験をお持ちではありませんからね。それにも拘わらず、ミスト王国を四ヶ《か》国《こく》連合から切り離《はな》す事に成功している以上、戦略目標は達成したと言って良いでしょう。実際、デュランさんからの報告でも、楠田さんは高く評価されています。勿論、こちらの思惑通りに進まなかった点もありますからね。当然ですが花丸満点だとは言えませんが、向こうの奥の手も幾《いく》つか確認《かくにん》出来ましたし、収支はトントンか少し黒字と言ったところでしょう」

その言葉に楠田の顔が歪んだ。

策謀の結果だけで自分の能力を判断されていないというのは、楠田にとってありがたい事ではあるが、それに甘《あま》えるというのは楠田の誇り《プライド》が許さない。

(それに、須藤さんの評価は適切だ……)

須藤の言う満点にならなかった理由など、楠田には一つしか思《おも》い浮かばないし、それは自分自身が一番よく理解しているのだから。

「はい、まさか御子柴亮真が早々にジェルムク防衛を放棄《ほうき》してミスト王国領内からの撤退《てったい》を選ぶとは想定していませんでした。それもジェルムクの住民を退避《たいひ》させるという名目を使って、王都からジェルムクへ向かって進軍していたデュラン将軍の行軍速度を落とそうとするとは……確かに私も御子柴亮真がこちらの意図を見抜き撤退を選ぶ可能性は考慮《こうりょ》していましたが、あれほど思い切りよくミスト王国救援《きゅうえん》に見切りをつけるとは……」

「まぁ、御子柴君にしてみれば、本命であるザルーダ王国への援軍《えんぐん》の前にコケる訳にはいかないですから、当然と言えば当然の判断ですが……ね」

須藤の言葉に楠田は深く頷く。

実際、どんな頭の回転をしていればあの段階でデュラン将軍を敵と認識《にんしき》出来るのか、亮真本人に問い詰めたいというのが楠田の正直な気持ちだった。

そしてそれは、須藤もまた同じ感想らしい。

「実際、御子柴亮真という男の判断の速さと思い切りの良さは異常と言って良い程ですな。才能なのか教育なのか……私も彼には随分と煮《に》え湯《ゆ》を飲まされましたからね……」

「それに、彼の祖父である御子柴浩一郎《こういちろう》もただ者ではありませんし……」

「ええ、楠田さんはまだご存じないかもしれませんが、あの方は組織に多大な功績を残した英雄《えいゆう》で、現在の長老達とも面識がある人物です。本来ならば、地球へ戻れない筈なのに何故か戻る事が出来た強運の持ち主でもあります。まぁ、再びこの世界に召喚された事を考えれば、運が良いと言えないのかもしれませんが……ね」

「その様ですね。私も当時の話は軽くしか聞いていませんので、詳細《しょうさい》までは知りませんが……ただ、驚きはしませんね。私と立花《たちばな》が桐生飛鳥《きりゅうあすか》と共にベルゼビア王国に召喚された時、あの老人の凄さは嫌《いや》というほど目にしていましたから……あんな怪物に育てられたとなれば……」

「蛙《かえる》の子は蛙とは良く言いますが、化け物の孫も化け物なのでしょうなぁ」

そんな須藤の言葉に楠田は深く頷いた。

如何にベルゼビア王国の主席宮廷法術師《きゅうていほうじゅつし》であったミーシャ・フォンテーヌが桐生飛鳥に危害を加えようとしていた危険人物であったとは言え、問答無用で腕《うで》を斬《き》り飛ばすなど常人の行動とは到底《とうてい》言えない。

少なくとも、現代社会で暮らす人間で、そこ迄《まで》他人を躊躇《ちゅうちょ》なく攻撃《こうげき》出来る人間は限られている。

それは別に平和ボケと陰口《かげぐち》を叩かれる日本人だから対処出来ないのではない。

異世界へ召喚されたなどという非日常を目の前にして、最善の行動を最短の時間で決断する事が出来る人間など、世界中を探してもいったい何人いる事だろう。

(だが、その孫もオルトメア帝国《ていこく》で祖父と同じ事をしたらしいからな)

これも、楠田が組織に入った後に耳にした情報。

勿論、情報伝達手段の限られる大地世界の情報なので、何処《どこ》まで事実に即《そく》しているか判断するのはかなり難しいだろう。

ただ、話半分としても、良くも悪くも並外れた人物なのは間違いない。

(狂人《きょうじん》か英雄か……どちらにせよ普通の人間ではないだろうな)

御子柴亮真という人間がどちらなのかは現時点では分からない。

それが分かるのは何時か訪れる歴史の審判《しんぱん》が下される日。

楠田としては、その事実を素直《すなお》に認めるというのも癪《しゃく》に障《さわ》るのは間違いないだろう。

(とは言え、俺にあの男と同じ事が出来るとは思えない。少なくとも、ベルゼビア王国から逃げ出せたのは俺の力ではない事だけは確かだからな……)

確かに警察官という職業柄《しょくぎょうがら》、楠田の体は鍛《きた》えられているし、柔道《じゅうどう》や剣道《けんどう》など犯罪者と戦う上で必要とされる技術を学んでもいる。

そう考えれば、戦い方を知らないズブの素人より抵抗《ていこう》出来たのは事実だろう。

しかし、警察官が身に付ける柔道や逮捕《たいほ》術は武術ではあるものの、あくまでも犯人を拘束する事が目的であり、敵を殺傷する事ではない。

結果的に当たってしまう事はあったとしても、目や金的などの急所を意図的に狙《ねら》う事は無いし、関節技《かんせつわざ》を極めてもそのまま骨をへし折ったりする事もしない。

そしてもし犯人を殺傷すれば、良識ある市民や人権派の弁護士から批難の大合唱が起こるのが目に見えている。

（警察官に求められるのは、反抗的で危険な犯罪者の身柄《みがら》を、なるべく無傷で逮捕する事だから……な。仮にそれが自らの命を危険に晒《さら》すと分かっていても）

それが、現代社会の常識であり正義だと誰《だれ》もが信じている。

しかしそれを実現するには、不要な危険《リスク》を冒《おか》さなければならない。

それはまるで、公務員の人権は無視してもいいと思い込《こ》んでいる様にも思えてくるのだ。

そしてそれは、警察官という職務に就《つ》く人間にも、体の芯《しん》まで沁《し》みついている概念《がいねん》だといえるだろう。

だからこそ、楠田がこの大地世界へ召喚された際に、彼は警察官という職務の性質から、あくまでもベルゼビア王国の兵士達を無傷で制圧しようとした。

（今にして思えば、とんだ愚《おろ》か者でしかないが……）

暴力は万能《ばんのう》ではないし、使わないで済むなら使わない方が良いのは事実だろう。

しかし、世の中には暴力でしか解決出来ない事もある。

そして、暴力を行使する事を避《さ》けるがあまり、自分や友人の身を危険に晒してしまうのだ。

大半の人間は、その事実から目を背《そむ》けているか、腹の中では理解していても反発を恐れて口にしないだけの事。

だが、御子柴浩一郎とその孫は違った。

(彼等は必要な時に、自分が必要だと信じる行動を躊躇する事なく選ぶ。それがたとえ倫理や道徳に反する行為《こうい》だとしても……だ)

その事実が、あの二人が自分達とは違う存在なのだと嫌でも自覚させられるのだ。

(才能や器量の差とは思いたくないが……)

御子柴浩一郎の方はともかく、御子柴亮真は楠田より年齢が若いのだ。

詰まらない面子や誇りなのは分かっているが、自分よりも年下の青年が出来た事を自分が出来ないと認めるのは、中々に難しいものが有るのは事実だろう。

勿論、自分が御子柴亮真と同じ立場になったところで、同じ様に苦境を切り抜《ぬ》けられない事は理解していた。

しかし、頭では理解していても感情が受け付けない。

そこが、人間という存在の悩《なや》ましいところなのだ。

(まぁ、俺は俺が出来る限りの最善を尽《つ》くすしかない……か)

楠田には御子柴亮真の様な、敵を容赦《ようしゃ》なく屠《ほふ》る龍《りゅう》の如き爪《つめ》や虎《とら》の如き牙《きば》は無い。

だが、楠田には楠田智弘だけが持つ何物にも代えがたい武器がある。

後はその武器をどう使うかという点だけだ。

だから楠田は、今後の自分の役割を須藤に尋《たず》ねる。

「ところで……テストは合格との事でしたので確認させて頂きますが、私は今後どう動けば？　引き続き御子柴大公家の監視《かんし》と牽制でしょうか？」

恐らく、楠田の複雑な心境を察したのだろう。

楠田の問いに、須藤は笑みを浮かべながら頷く。

「ええ、そのつもりです。デュランさんと顔合わせをして頂いたのも、それを見越《みこ》しての為ですからね。今回の件であの方は表舞台《おもてぶたい》に戻りましたから、何かと動きに制約が出て来る筈です。その辺を楠田さんにフォローして頂きたいと考えています。御子柴君の事ですから、恐らく直《す》ぐに動きを見せるでしょうしね」

それは、楠田にとって想定通りの答えだ。

だから楠田は、現時点での自らの予想を口にした。

「成程《なるほど》……そうなると幾つか考えられる選択肢の中で可能性が高いのは二つ。エクレシア・マリネールを介《かい》してカサンドラ・ヘルナーと連携《れんけい》しミスト王国を掌握《しょうあく》するか……さもなければミスト王国を切り捨てザルーダ王国の援軍に向かうか……ですか？」

その言葉に須藤は満足げに頷く。

自分の想定と同じだったのだろう。

「ええ……常識的に考えれば、その二つのどちらかを選ぶしかないでしょう。勿論、エルネスグーラ王国が動けば御子柴君の取れる選択肢《せんたくし》も増えるでしょうがね。残念ながら、今あの国が他国に援軍を出すのはほぼ不可能ですから」

そう言うと須藤は人の悪い笑みを浮かべて嗤う。

そんな須藤に対して、楠田が探《さぐ》る様な視線を向けた。

「エルネスグーラに動きが見えないのは、組織が食料を買い漁《あさ》り兵站《へいたん》の確保が出来ないからとは聞いていますが……何でも、菊川《きくかわ》さんが管理している組織の息が掛《か》かった商会が動いて食料をかなり買い占《し》めたとか？」

四ヶ国連合に於《お》いて最大の兵力を持つエルネスグーラ王国だが、オルトメア帝国がザルーダ王国への再侵攻《しんこう》を開始してから今日まで、未だに動きを見せてはいない。

その最大の理由は食料を確保出来ないからに他ならないからだ。

此処《ここ》は地球とは異なる論理や法則が存在する異世界ではあるが、食料や軍需《ぐんじゅ》物資の確保が軍を動かす上で必須《ひっす》なのは変わらない。

「ええ、元々エルネスグーラ王国は農業が盛《さか》んという訳ではありませんからね。国民を飢《う》えさせる程ではありませんが、他国へ大規模な軍を遠征《えんせい》させるにはどうしても準備が必要になる……まぁ、自国領内での防衛戦に支障が出る事はないにせよ、他国へ大規模な援軍を出すのは無理でしょう」

喩《たと》えるならば、軍隊とは常に食料や武具を消費し続けている巨大《きょだい》な金食い虫みたいなものなのだ。

（そして適切に餌《えさ》を供給出来なければ、その巨大な金食い虫は直ぐに腹を空《す》かせてしまい、ま

ともに動けなくなってしまう）

実際、第二次大戦時の日本軍は兵站の確保に失敗した結果、多くの将兵を飢え死《じ》にさせてしまったのだから。

それは軍事方面にさほど明るくない楠田でも簡単に理解出来る理屈《りくつ》。

「それに、あの国の中央部には国土の十分の一近くを占める広大なドーシュ砂漠《さばく》が広がっていますし、今は砂嵐《すなあらし》が発生し易《やす》い時期です。オルトメア帝国の大軍に対抗《たいこう》出来るだけの規模をザルーダ王国へ出すのは物理的にもかなり難しい筈です」

戦争に於いて必要なのは、天の時、地の利、人の和。

だが、今のエルネスグーラ王国は天の時を持ってはいない。

そして、その事実をオルトメア帝国第一皇女であるシャルディナ・アイゼンハイトへと伝えた。

それはまさに、先のザルーダ侵攻を阻《はば》まれたシャルディナにとって、値千金《あたいせんきん》の情報であり、千載一遇《せんざいいちぐう》の好機。

だからこそ、ザルーダ王国と交わした停戦協定を一方的に破棄《はき》してまで、オルトメア帝国はこの時期にザルーダ王国への侵攻を開始したのだ。

それもこれも、全てはエルネスグーラ王国が動けないと分かっているからこその決断。

今現在、西方大陸の国家間の情勢を動かしているのは、この何処にでも居そうな中年男だ。

「全ては須藤さんの描《えが》いた絵ですか……怖い人だ」

それは楠田の本心。

実際、楠田にしてみれば須藤秋武という存在は不気味で恐怖を感じさせる存在でしかないだろう。

(この人は一体、何者なのだ?)

そんな、疑問が楠田の胸中に湧《わ》き上がってくる。

楠田にとっては命の恩人だ。

(組織の幹部なのは分かっている。長老達からも信頼篤《しんらいあつ》く、組織の中でもかなりの権限を持っているのは確かだ)

そうでなければ、これほど自由に動き回る事は難しいだろう。

それこそ、西方大陸の勢力図が書き換《か》わるかもしれない程の策謀なのだ。

余程、上層部から信頼《しんらい》されていなければ、立案したところで採用などされないだろう。

だが、須藤秋武という男はそれだけではない。

須藤は、オルトメア帝国の上層部に潜《もぐ》り込み帝国第一皇女であるシャルディナ・アイゼンハイトの側近も務めている。

それは、昨日今日召喚《しょうかん》された人間には不可能な事だろう。

如何に優秀《ゆうしゅう》でも、皇女の側近ともなればそれなりの時間を掛けなければ登用などされないだろうし、仮に側近として登用されたとしても信頼はされない。

(その上、以前はローゼリア王国の宮中にも入り込んでいたという話だし……何十年もミスト王国に潜入《せんにゅう》していたアレクシス・デュランとも面識があるという……だが、時折見せる言葉を聞くと、今の日本に関してもかなりの知識がある様に聞こえもする……時系列が合わない……）

勿論、単に召喚された人間から聞いただけなのかもしれない。

だが、警察官としての経験からか、楠田は観察眼に優《すぐ》れた男だ。

そんな楠田から見ると、須藤の言動は単に又聞《またぎ》きしたとは思えないほど詳し過ぎる気がしてならないのだ。

だが、そんな楠田の言葉に須藤は首を横に振って見せた。

「まぁ、それ程でもありませんよ。それに、今のところはこちらの思惑《おもわく》通りに進んでいますが、不安材料が無い訳ではありませんし」

「御子柴亮真……ですか？」

「ええ、彼《かれ》の事ですからこちらの意表を突く様な策を捻《ひね》り出さないとも限りません。油断はしない方が良いでしょうね」

そんな須藤の態度に楠田は引っかかるものを感じた。

「まるで、須藤さんはその予想外を期待している様な口ぶりですね？」

そう言うと、須藤は肩を竦《すく》めて見せる。

「まぁ、彼とは色々と因縁《いんねん》がありますからねぇ……組織の目的から考えると早々に舞台《ぶたい》の上から退場して頂いた方が良い気もしますが……個人的には、ついつい彼の動向に期待してしまうのですよ。何しろこの世界には娯楽《ごらく》というか楽しみが少ないですから……ね」

そう言いながら、須藤はデキャンタに残っていたスクリーミング・イーグルを、自分と楠田の空いたグラスへと注いだ。

「さて、今後の楠田さんの活躍を期待して最後に乾杯《かんぱい》してお開きとしましょうか」

そう言うと須藤は軽くグラスを掲げて見せる。

「ありがとうございます」

そして二人はグラスを一息に呷る。

これから始まる新たなる舞台の幕開けを楽しむかの様に。

それは、圧倒的《あっとうてき》な優位を確保した強者の余裕《よゆう》だろうか。

しかし、二人は知らなかった。

この時、既《すで》に御子柴亮真はこの難局を打開する為《ため》に動き始めているという事実を。

あとがき

殆どいないとは思いますが、今回初めてウォルテニア戦記を手に取ってくださった皆様はじめまして。

一巻目からご購入いただいている読者の方々、お久しぶりです。

作者の保利亮太と申します。

何とか二十七巻目をお届けする事が出来ました。

とは言え、今回はかなり執筆に手間取りました。

前の巻が諸事情で発売が遅れたのですが、その影響なのか執筆のペース配分を乱してしまった様です。

書いても書いても原稿が終わらなくて……。

作家生活九年目にしてこんなに苦戦したのは初めてでした。

結果、本作の続きを楽しみにしてくださっている皆様をかなりお待たせしてしまいました。

この場をお借りして皆様に謝罪させていただきます。

申し訳ございませんでした。

とまぁ、そんな作者の愚痴&反省はここまでにして、恒例の見どころ説明を。

この巻は、今まで謎に包まれていた化外の民と呼ばれる人々が物語へ参入してきます。

まぁ、正確にいうと、彼らは人ではないんですけどね。

では、化外の民とは何者なのか……その答えに関しては本編をご覧いただければと思います。

それに加えて、ブリタニアの将軍であるブルーノと、組織の内通者であるアレクシス・デュランや、全てを画策している須藤秋武の動向などなど、この巻も見どころ満載となっておりますので、お楽しみください。


最後に本作品を出版するに際してご助力いただいた関係各位、そしてこの本を手に取ってくださった読者の皆様へ最大限の感謝を。

予定通りなら今年の八月には二十八巻が出ますので、そちらで皆様と再会出来ればと思っております。

引き続き頑張りますので、今後もウォルテニア戦記をよろしくお願いいたします。

HJ NOVELS
HJN09-27

ウォルテニア戦記XXVII

2024年6月19日　初版発行

著者——保利亮太

発行者—松下大介
発行所—株式会社ホビージャパン
〒151-0053
東京都渋谷区代々木2-15-8
電話　03(5304)7604（編集）
　　　03(5304)9112（営業）

印刷所——大日本印刷株式会社

装丁——杉本臣希／株式会社エストール

定価はカバーに明記してあります。

Printed in Japan

ISBN978-4-7986-3507-1　C0076

ファンレター、作品のご感想お待ちしております
〒151−0053　東京都渋谷区代々木2−15−8
(株)ホビージャパン HJノベルス編集部 気付
保利亮太 先生／bob 先生